天命

すべて成就し、すべて現前す

『天命　すべて成就し、すべて現前す』もくじ

第一章　源太郎からの手紙

一

乗客のまばらな終電車の改札を出て駅前のロータリーから通りへ入って振り返ってみると、保安灯だけを残して消灯されつつあったプラットホームに駅員の姿はもうなかった。何台か並んでいた客待ちの車も最後の利用客を乗せて走り去った後は、待っていたような静寂が深夜の街にオーロラのように下りてきた。

人通りはないけれども通り馴れた道で、普通に歩いて二十分余りの家までの距離はさほど苦にはならなかったので彼はいつものように歩き出した。空は雲に覆われて月の明かりも見えなかったが、街灯がさながら遠近法に従うかのように次第に小さくなり、路なりに見えなくなるまで闇の中に光っている。

彼の心は晴れなかった。

江戸歴代の御用材木商が維新によって特権を喪失して材木業界も一変した。あるいは戦争あるいは不況の波に洗われ、あるいは震災あるいは恐慌の嵐に翻弄されながら代代受け継いできた由緒ある材木屋の暖簾を弟源次に譲り、源衛門は、新たに工務店を起こし、外材輸入の増大、地価上昇等による高層鉄筋・鉄骨建築の急増、建築様式の変化に伴う新工法・新建材の導入、人手不足に起因するプレカットの推進及びエンジニアリングウッドの開発による大手ハウスメーカーの進出、さらに災害や環境問題の発生等の諸原因から木造住宅が激減する中、在来工法を時代に応じて改良しつつ日本建築の伝統を守ってきたが、ふとしたことから体調を崩して寝たり起きたりの状態が続くようになり、日ごろの仕事の疲れも手伝ってにわかに旺盛な気力にも衰えが目立ってきた。周りを気遣って口にこそ出さないが頻りに遥か遠くへ思いを馳せている様子である。それが他界して久しい息子源太郎の上にあることは妻のみきには分かり過ぎるほど分かっている。

源太郎は幼いころから際立って利発な少年で、成長するに従って卓越した商才を発揮し、年月の経過とともに業界の柱と認められ、家運の隆盛を疑う者はだれもなかった。知識欲も旺盛で、家業に従事する傍ら内外の書物を読み漁り、古書店にも出入りして次第に蔵書も増えていった。

ところがある朝のことである。

彼は、まだ子供ではあったがその日のことはよく覚えている。その朝は何十年振りかの大雪で、起き出した家人は総出で出入口から道路まで人や車が通れるように雪掻きに大わらわであったが、一通り片付け終わったときふとだれかが「源さんは?」と言うので見回すと、みなと一緒にいるはずの源太郎の姿がない。お互いに顔を見合わせ、こんなとき朝寝をする人ではないのにどうしたのだろうと辺りを見回すと、早起きの源太郎の部屋の雨戸が閉まったままである。部屋に入ってみると、いつからそうしていたのか、源太郎が机にうつ俯せになっていた。身動きもしない。声を掛けても返事がない。

このときすでに昇天していたのである。

急遽呼んだ医者は、原因不明で、めったにないことではあるが、こういうこともあるものだ、と言った。

それから彼此《かれこれ》もう二十年、代代主家の番頭を勤め、源衛門が工務店を起こすとその工務店に勤めを移した家に育った彼には源太郎に対して特別な思いがあった。彼の幼い記憶に残る源太郎は、商人というより堆《うずたか》く積まれた書物に囲まれて思索する哲人の面影であった。彼は源太郎に対して深い畏敬と憧憬の念を懐いていた。いつのころだったか、立ち並ぶ材木の彼方に見える、沈んでゆく赤く大きい太陽に言い知れぬ悲しく寂しい思いに駆られていたとき、彼の思いを鋭く察知し、彼を見詰めて近寄って来る深い眼差しと、彼の肩を黙って強く抱き寄せてくれた源太郎の手の温《ぬく》もりをいまでもはっきり思い出すことができる。源太郎がいなくなっても彼の心にはその丈高く逞しい姿が限りない懐旧と哀惜の思いとともに宿り続けている。

年忌を目標に、源太郎の形見草《かたみぐさ》を有形無形に拘わらず細大漏らさず収集しておきたいというみきの希望により、彼は改めて源次の許を訪ねたのである。

源次はすでに家業は養子源二に任せていたが、縁起は不明ながらさまざまな奇瑞伝説のある古刹の修復に必要な大木を調達する必要が起こり、その調達のため旅行中だったので、その旅宿を訪ねるとむかし馴染みの同業者や修理復元の世話人と思われる数人の男を相手に気炎を揚げているところであった。

源次は言う。

いろいろあるが、言うことはただ一つ。

もともとあの子は我我一族としてはでき過ぎである、才子多病というが、風邪ひとつ引かなかった。

だが、突然いなくなった、そしてこの事実だけが残った。

いまさら思い出しても仕方があるまい。みき義姉《ねえ》さんの胸の内は察するが、こうなった以上、諦めるしかないであろう。


彼が帰ったときみきはまだ起きていた。彼の報告を聞いて、

「源次さんはそう言うでしょうね」と言った。そして、

「これからどうするかよく考えてみましょう。ところで今日源一さんたちがメイちゃんを連れて来てね、先日お話しした通り家《うち》でしばらく預かることになりました。源太郎の代わりという訳ではないけれど」と言ってみきは笑った。

会社の寮に空きがあり、今日からさっそくメイはそちらへ移ったという。

源次の息子で地方公務員をしている源一の養女メイを預かる話は前から彼は聞いていたし、

メイが源一の所に移ったころ一度挨拶がてら来たことがあって顔見知りではあった。

メイの父と母は航空事故で海に沈んだという。父の勤めていた商社の用件で出張したアラビアからの帰途であった。現地語に堪能であった母も通訳として同行していた。遺骨のないまま葬儀が行われたらしいがメイは何も覚えていないという。留守中母の妹がメイの世話をしに来たらしいが、そのときメイはまだ三つだった。父母のこととしてはただ一つ、よほど印象が強かったのか、海の中に囲って造られた生け簀に泳ぐ魚を、母に抱《かか》えられて覗き込んでいる記憶だけがあるが、それはいつどこでのことだったのか覚えていないという。

その後メイは、父母と親交のあったアラビア人夫妻に育てられた。日本に在住することの永かった夫妻は、日本語を巧みに遣いこなした。メイの前では母国語を話すことはあまりなかったが、二人で話す言葉は、英語などの響きとは違っていて、数字以外は右から左へ横書きする字も暗号のようで面白かった。夫妻は大切にメイを世話してくれ、暇あるごとに聞かせてくれた「アラビアンナイト」の物語に果てしもなく広がる夢を見てきたし、「マルハバン（こんにちは）」や「マアッサラーマ（さようなら）」、イラリカー（さようなら）」、「シュクラン（ありがとう）」などという言葉をはやらせて遊び、不自由なことは何一つなかった、というより、むしろ両親の揃っている友達よりも恵まれているのではないかとまで言われたこともある。メイが小学校を終えるころ、本国に残してあった夫妻の家庭の事情から帰国することになり、メイの叔母に後をくれぐれも頼み、振り返り振り返りしながら去っていったという。メイの叔母は都合が悪く、親しい知合いの源一夫妻が預かって養女にしたのである。

源一夫妻にはメイと似たような年ごろの女の子と男の子がいて三人で仲良く遊んでいたが、いつごろからかメイの心に読めない所があるような気がしてきて、それとなく様子を見ていたが、そういうことを意識すること自体がすでに隔てのできた兆候《しるし》ともいえ、自分たちの本当の子供ではないからと差別したつもりはないのだが次第に距離が広がってゆき、遠い所へ行ってしまったようにさえ感じる。何でも隠さず話すし素直でとても優《やさ》しく思い遣りのあるいい娘《こ》なのにどうなったのだろうとあれこれ思い迷っていたところ、独り立ちできるように何か仕事を身に付けたいと本人が言いだしたので、それもそうだ、とりあえず環境を変えてみよう、それなら見ず知らずの所より親戚で、源次の材木屋より何かと仕事が多岐にわたる工務店の源衛門のところがよいだろうということになり、しばらくメイを預かることになったのだという。

彼は自分の住む離れに引き上げたが、源太郎のことを思い巡らしてなかなか眠りに付けなかった。

二

朝六時半。定刻に目覚めた彼はしばらく床の中にいたがたちまちメイのことを思い出して飛び起きた。母屋に行ってみるとメイはすでに台所でみなの朝食の支度を手伝っていた。会社の寮にいる社員で希望する者は母屋で一緒に朝食を摂《と》ることになっていて、寮の事務員二人も加わって準備していた。

むかし風にいうなれば鷹揚な大店《おおだな》の奥方の雰囲気のあるみきには一種のこだわりがあって、むかしから「味噌汁朝の毒消し」・「味噌汁一杯三里の力」と言われているように、朝の食事には必ず味噌汁がなくてはならないという。出汁《だし》は真《ま》昆布を裏の井戸から汲んだ水に一晩浸して取り出す「水出し」にし、具も豆腐を含めて三種または五種、味噌は必ず白味噌に濃淡の赤味噌都合三種を使用し、葱三つ葉青じそ中心に旬の薬味を加えるというごく普通の調理であるが、毎日微妙に味が違うのでどういう工夫をしているのか聞いてもただそうかしらとやや含みのある返事が返ってくるだけであった。

メイには、前に会ったとき、不運な育ちを聞いていたこともあって、彼はそのときのことをはっきり覚えていた。顔立ちの整った快活な少女であった。源衛門が源一夫妻と話し合っているあいだ、メイの相手をしていた彼はふと自分の子供のころを思い出し、裏庭と地続きになっている稲荷の祠《ほこら》の中に仕組んだ秘密の隠し場所——子供心に大切にしていた水晶、方解石、小さくてもズシリと手のひらに重い磁鉄鉱の標本、勝負カルタなどの類を隠していた場所——を見せたとき、メイは彼の秘密という言葉にひどく喜んで、「わたしにも秘密がある」と言いだした。「わたしのメイという名前には秘密があるのよ。片仮名で書いて変な名前だって言う友達がいるけど、漢字では冥王星というお星様の冥の字を書くんです。冥という字は暗いという意味なんだけど、知らず知らずのうちに神様が守ってくださるっていう意味もあるんです。ちゃんと辞書にもありました。このことはだれにも言わないで！　秘密なんだから」「そうだね、そういえば冥加とか冥利とかいうのはそんな意味なんだろうね」

しかし久しぶりに見るメイは、前に見たときとの記憶とは顔の輪郭まで違って別人のように見えた。子供が六年も経てば変わるのは当たり前のことではあるが、大人になったというのとはまるで違った、何か別の世界の人間になってしまったような奇妙な印象を彼は受けた。心も体も成長する時期に経験した著しい環境の変化から、並並ならぬ影響を受けたに違いないと彼は考えた。

い、みきは、メイが自分で自分の適性に合った仕事を見付けるまで、可能な限り自由にさせようと考えていて、まずはこの会社の実態を見せることから始め、この会社にいることが役立つ仕事として、その気があれば会計士か建築士を目指してもよし、この種の仕事と相性が悪ければまた別の方面に向けるとして、会社の仕事の内容を知るために、とりあえず今日は、朝、社員にメイを紹介したあと彼が会社の建築現場を一通り見せることになり、工事中の新築戸建て住宅三件と増改築二件を順次見せて回ることにした。

最初は、木造軸組構造の、屋根の野地板を貼り終わったばかりの親子二代の二階建て二世帯住宅で、一階と二階は階段でもエレベーターでも上り下りでき、二階へは外からも独立して出入りできるように造られていた。柱には下を頭にして木の種類が印刷されていて、柱が逆立ちしているように見えた。

「伐った樹は根の方を上にしてプリントするのだよ」と彼は言った。

メイは興味を持って彼の説明を聞いていたが、戸建ての民間木造住宅に設置するにしては珍しいエレベーターについてはその支柱が木造であることに注目し、さらに柱脚柱頭に取り付けた耐震用のホールダウン金物の強度について質問するなど鋭い才気が感じられた。予想したより早くものになりそうだと頼もしく思われたが、一件一件見回っているうちに少少気になることが出てきた。

百坪の宅地に木造瓦葺き六十坪の家屋で、外回りを残してほぼ完成に近い、一見純和風に見えながら内部は間口四間奥行五間、二十坪のフローリングの広間——夫人が人を集めて何かするらしい——を構え、地下に倉庫を造成した洋式構造の住宅の建築現場を見せたとき、一通り建物の内部を見終わって外に出て家の全体を眺め、居合わせた四十代半《なか》ばで細身《ほそみ》の製薬会社の社員という建築主《たてぬし》と話していて、何となく横を見ると、同じように並んで立っていたメイが、ぼんやりと放心状態になっていて、その顔に飛ぶ鳥の影のような陰翳が走るのを彼は見た。陰翳はまもなく消えたが、さきほど「立派なお家《うち》ですね」と感想を述べたすぐあとで、目の前の建物とそれに関わる人物を切っ掛けにして何かの思いに捕らえられたらしいのである。それは心ここにあらずというのでもなく、また何かを思い出したというのでもない、何とも掴みどころのない表情であった。

メイの表情に同じような陰翳が現れたのは、成長してきた息子のための離れを増築する工事現場、これもほとんど竣工していて、廊下続きではあるが入口に鍵も掛けられ、四畳半一間《ひとま》に押し入れと小台所を始め生活に必要なすべてを備え風呂まであり、完全防音構造になっていてシャッターと磨《す》りガラスの窓のブラインドを下ろせば内部と外部をまったく遮断されるようになっている。受験生がいるのだそうだと彼が言うとメイは「巣籠もりね」と言って笑った。現場を見た帰りぎわ、離れの手前の畳敷き六畳の居間で座机に向かって色鉛筆で塗絵に熱中しているまだ学齢前の女の子の横に、まだ若く元気そうで小柄な女が座って屈託のない様子で何か指示していた。その様子を見てまた急にメイは放心状態になり、やはり母娘《おやこ》に端を発して何か言いようのない想念に引き込まれたらしく、その表情には虚無感、無力感のようなものが表れて、どこか寂《さび》しげに見えた。

彼は不思議であった。どうして、これから関わっていく仕事に相当な興味・関心を持ち、鋭い知識欲を見せながら、それとは別の心の状態に突然陥ってしまうのか。何か触れてはならない謎めいたものさえ感じられ、メイの世話を頼まれたのはよいが、彼は予想しない重荷を背負い込まされそうな予感に当惑せざるをえなかった。

とにかく差し当たっては、どういうときに何に起因してそういう放心状態になるのかしばらく様子を見ることにして、いまは直接本人に尋ねることは差し控えようと彼は考えた。

事務所に帰ると母屋に寄ってほしいというみきからの連絡が待っていた。

メイのことを話すと、みきは言った。

「そんなことがあるかも知れませんね。源一さんたち、もしかしたら持て余し気味だったのかしら。まあ、あまり気にしないで、気長に見てやることにしましょう。わたしもできるだけ気を付けてみます」

それから、「何もかもあなたを当てにして申し訳ないんですけれど」と前置きして言い始めた。

わたしはいままで源太郎のことについて、あのひとが平生何を考えていたのかよく考えたことはありませんでした。あのひとは手の掛からない子でしたし、別に何かで悩んでいるような様子はなかったけれど、主人は、いつ見ても、何を考えているのか知らんけれども何かを考えているように見えると言っていました。

源太郎のことを整理しようと思い立ったいまになって、自分の子供であるのにわたしはあのひとのことをどこまで分かっていたのか覚束ない気がします。変な言い方だけれど、源太郎とはいったい何者だったのか見極めたいと思い始めたのです。それが分かったとしてもいまさらどうなる訳ではないけれども、これはとても大切なことではないかという気がしてきたのです。

それでね、わたしの思い付いたことは、源太郎はずいぶん本を読んでいたようだしいっぱい本を持っています。わたしにはさっぱり分からない本ばかりだけれど、あなたなら分かるんじゃないかしら。源太郎の持っている本を見ると、そこから源太郎の考えていたことが何かしら分かってくるような気がするのです。あの本の数からみてたいへんなことだと思うけれど、他に方法はないのじゃないでしょうか。

いつでも自由に源太郎の部屋に入って、どこをどう見てもよいから、源太郎の考えていたことの手掛かりが少しでも掴めれば幸いです。うまくいくかどうかも分からないけれど、お願いしたいのです。

彼は図らずも源太郎の内面に近付く機会ができたことを喜んだ。はたしてどこまで明らかにできるか不安はあったが、いままで秘かに心の底に眠っていた源太郎への敬慕の情《こころ》が郷愁とともに蘇ってきて一種の興奮を禁じえなかった。

本というと、彼は、むかしたまたま源太郎の部屋の前を通り掛かると、床の間には白梅の色《しき》紙《し》の軸が掛けられいて、机の上に繰り広げられた巻物を読んでいる源太郎の姿が見えた。このようにして読む巻物があろうとは彼は考えたこともなかった。

そのとき彼は、忍者が口にくわえる巻物のことを思い浮かべていたのである。その巻物には忍者の行う秘法が書かれているはずであった。

彼の様子に気付いた源太郎は手招きして彼を呼び入れて巻物を見せた。そこには墨で、彼には読めないが流れるように麗《うるわ》しい字が連綿と続けて書かれていた。目を瞠《みは》る彼に、

「これは巻子本《かんすぼん》といってむかしの本なんだよ。むかしの本には紙魚《しみ》という虫が付いて本を食べてしまうので、ときどき虫干ししなくっちゃいけないんだよ」と源太郎は言った。

源太郎は実に子供心に敏感であった。二三日すると彼が口にくわえることのできる小さな巻物を作ってくれた。それは象牙のように堅くて美しい軸に和紙をしっかりと巻き、表は紫の絹を貼って端に竹ひごを包み込んで白と茶の縞の紐が掛けてあった。

後日紐を解《ほど》いて中を見ると絵のような二字が書かれていた。お寺の五輪塔に刻まれているような字であった。彼は何度か忍術遊びのために口にくわえたが、やがて裏庭の稲荷の祠の秘密の隠し場所に永く仕舞い込んでおいた。

三の1

次の日彼はメイを連れて森林《やま》に向かった。メイが今後どんな仕事を選ぶかは分からないが、木造建築を手掛ける会社にいる以上材木生産の現場を見ておくことはいつかどこかで役に立つこともあろうと考えたからである。

源次は、源一が役所勤めになってしまったので、源一の妹藤が材木屋を嗣ぐことになったが、縁というものがあるのかどうか、養子縁組をすることになった人物の名前が偶然にも源二という名前であった。彼は材木を仕入れる必要からもちろん源二の材木屋に出入りしていたが、森林についての知識もなくては済まされなかった。

彼は車を走らせながら助手席に座っているメイに話し掛けた。


森林を育てるのはきわめて永い年月と手間の掛かる仕事である。

この地方では、杉の場合、種を苗畑に蒔き、二年で三〇センチ余りに育った苗木を山の斜面に植え付ける。それから成木して伐《き》れるまでには六〇年から八〇年掛かる。一本の木を育てるのに親子三代というが、大きな通し柱にするには一二〇年から一五〇年は掛かる。

このあいだ、人手を掛けなければ木は一人前に育たない。

苗木は、間を詰めて植えると、麻に連るる蓬《よもぎ》という諺があるけれども、太陽《ひ》の光に当たろうとしてみな真っ直ぐに伸び背が高くなる。

幼木のあいだは毎年二回は下草を刈り、幹が締め付けられないように巻き付く蔓《つる》を刈り取り、邪魔な灌木などは刈り除き、十年ほど経ち高さが五メートル余りになると、節のない、元と先の太さのあまり違わない材木にするために下枝を切り落としてゆく。さらに木が生長して二十年余り過ぎると、間の詰まったままでは森林の中が暗く地面に太陽の光が届かなくなって木は太くならないので、木の生長にあわせて木を間引いてゆく。この間伐と枝打ちを続け、森林の中から上を見ると樹冠の緑と空の青とが曼荼羅《まんだら》模様さながら入り交じって見えるように繰り返し手を入れ続ける。

この永い年月と苦労を考えると、むかしの人が森林の木を売ったお金をまず仏壇に供えた気持ちがよく分かるような気がする。

平坦部から川に突き当たり流れに沿って車を走らせると川幅は徐徐に狭くなり、沿岸の人家も次第に途切れ途切れになって森林が迫り木木の下陰になってひやりとした山気に包まれて、しばらく行くと急に視界が山間に開け、広広とした原木の集積場に到着した。

集積場には、中央に三メートルと四メートルの杉の丸太が各各太さをそろえて積み上げられ、奥の方には六メートルほどの丸太・径が五〇センチもあるようなものも並べられていて、材木の運搬車フォークリフトが走り回っていた。

見ているうちに川のさらに上流の方から八トン積みのトラックが杉の原木を満載して入って

来た。

「ここで競《せ》りがあるのだよ」と彼は言って、所内を一回りしてから材木協同組合の建物の隣にある「資料館」にメイを連れて行った。

和風住居様《よう》の「資料館」の玄関口を入ると根から掘り上げられた樹齢三〇〇年、直径一・三メートルほどの杉の切り株が目に付き、ショーウィンドーには杉の絞丸太《しぼりまるた》や桜の出節《でぶし》丸太の床柱や、杉の「鳳凰」、「水に雁」の透彫欄間《すかしぼりらんま》など選り抜きの造作物が展示され、入口の横では柄杓《ひしやく》や手桶などの家庭用品、十二支の動物の木彫《きぼり》品などの土産物が販売されていたが、メイはそれらに一通り目を遣った後、壁面のパネルに注目し始めた。

パネルには写真が貼ってあって、木の種類・性質・用途、苗木の植え付けから伐採して集積場に搬入するまでの生産過程、植林の歴史の三つに区分され、簡単な説明が付けてあった。

前に人間を立たせてその大きさを際立たせた四五〇年といわれる杉の巨木、手入れ前の薄暗い森林と間伐枝打ちをした後の清澄な木漏れ日の差し込む明るい森林の姿とを対比した二枚など印象的な写真があったが、メイはその中の一枚をしばらくじっと見詰め、何か思い巡らす様子であった。

それは「むかしの森林《やま》の生活」と題した写真の中の一枚で、色褪せたセピア色のむかしの山守一家の写真である。頭を手拭いで包んだ主人《あるじ》と思われる筋骨の締まった中年の男、山袴をはいたその妻、主人の母親らしい相当の年配の女、弟と見える若者、そして二人の女の子——一人はまだ小さく二つか三つと見える——と男の子の七人の家族が写っている。側には縄で括られた薪と太い丸太が積まれ、すぐ後ろの森林の裾に二間《ま》余りの板張り杉皮葺きの小屋が見えている。おそらく子供たちはこの小屋で産まれたに違いないが、みな屈託のない顔をして写真に写るのを楽しんでいるように見える。上の子供は毎日森林を下りては上りして村の集落の小学校に通っているのであろう。

温暖多雨の気候と肥沃な土壌の風土が幸いしてできた豊かな森林の樹《き》を、すべて人力で伐採し葉を枯らし枝を落とし引いて滑らせ川へ落とし筏を組んで流して運んだ材木も、いまは伐採から搬出までほとんど動力により、場所によってはヘリコプターでトラック積みのできる所まで搬出しているという。

パネルの最後には、我が国は国土面積の三分の二が森林であるにも拘わらず、多くの森林が手入れされずに放置されて荒廃し、必要な材木の二割ほどしか自給できない世界屈指の材木輸入国になっているが、ここは、全国でも数少ない、古来の伝統を生きている森林の一つであると書かれていた。

帰りの車の中で彼が、

「あす、午前中は製材所に行ってみましょう」と言うと、

「そうなると思っていました」とメイは答えた。

「どうして？」

「原木のままでは使えないから。もしかしたら、製材所のあとは、製材したあとの処理工場ではないかしら」

彼は驚いた。昨日の住宅現場でも感じたことだが、メイの洞察力は相当鋭いようだと彼は思った。

三の2

昼過ぎに事務所に帰り、メイを降ろしてから彼は一義堂に向かった。一義堂というのは易者で、その店構えは、楢や杉・檜の大木に囲まれた一町四方もある広い寺院の裏道の、焼杉の羽

目張りに紫檀色の格子戸の平屋で、その屋根の修理を依頼されていたのである。一義堂とは古いむかしからの付合いで、源衛門が工務店を起こしてからは、宅地の購入に地相を参考にし、家の設計に家相を考慮する人もあり、関係はさらに密接になっていた。

彼はまだ子供のころ一義堂を訪れたことがあった。彼の母親が頼まれた縁談を占ってもらうのについて行ったのだ。話の内容は彼にはよく分からなかったけれども、薄暗い奥の部屋から出てきた易者はかなり異様な風貌で、手入れしないぼさぼさと乱れた白髪に赤黒く彫りの深い顔、喉頭癌の手術で声を失い、話をするときだけ喉の穴に竹の笛のようなものを差し込む姿は忘れられないものであった。大病を患らって三途の川の手前で引き返したという噂で、それから見立てが峻厳になったと云われていたが、双方の生年月日を聞き筮竹をきって何か細かく書き込んだノートを見て急に顔を上げてこちらを睨み、笛を喉に差し込んで発する空洞に木霊するような声はこの世のものとは思われなかった。

その後彼は奇妙なことをいくつも耳にした。失せ物が予言通り庭の樹木の下から出てきたとか、転職するのがよいかどうか迷っている人に転職を勧め、転職するとまもなく前職が倒産したとか、家族が次次病気になるので占《み》てもらうと「宿り仏がある」と言われ、何のことか腑に落ちなかったが、戸締めにしてあった本籍のある田舎の家に父が所用で帰ったところ、こちらの仏壇に、留守を預けてあった世話人の家の位牌が置いてあったと母が言うのを聞いた。それを聞いて彼は、世の中には、説明できない不思議なこともあるらしいと思ったのだった。

一義堂は息子の代になり、いまは書画骨董品店を経営していて、庭に現代風の居宅と空調装置を完備した倉庫を建て、求めがあれば筮竹をきって父のノートをよりどころにして占いをしているのであるが、新宅や倉庫とは違って易舎――みなはこう呼んでいるのだが――は古く、屋根の瓦も粘土《つち》で固定されていて、粘土の粘りがなくなってひび割れし瓦もあちこちにずれが起こっている。天井にかなりの雨漏りの染《し》みがあり、このままでは建物自体が腐りかねないので、主人の希望によりやはり瓦葺きで仕上げることにして、さっそく瓦職人を見積もりによこす約束をして彼は引き上げた。

事務所に帰ってくると、老姐《ラオねえ》さんと呼ばれている年配の女性と若い女子事務員二人が片付けものをしていた。この老姐というのは源衛門が工務店を起こした最初のときからの事務員で、会社の発展の経緯から取引先の情報に至るまで細大漏らさず覚えていて便利なことこの上ないところから社内の生き字引と言われていて、いまは経営事務は後進に譲り力仕事以外の社屋の清掃をほとんど一人で引き受けているのだが、社員はみな親しみと尊敬をもって中国風に老姐さんと呼んでいるのである。

老姐は彼の姿を見るとすぐ、

「あの娘《こ》には驚いたねえ」と言った。


小型事務机一脚を与えられメイは仕事を一から見習うことになったのだが、ふと気が付くと、教えられた取引先の電話番号を一、二度聞いただけですぐ覚えてしまうことが分かってきた。電話番号だけではない、説明されたその電話先の仕事内容も、分からないことは質問して完全に理解したうえですべて覚えてしまう、各社に関する情報を次次と持ちだしてみるとたちまち細大漏らさず頭に入れてしまうので、みな感心して、この新入りの女の子の顔を眺め回したというのである。

メイがどんな能力を持っているのかまだよく分からないが、記憶力に関しては並み外れたものを持っているらしい。


「記憶」といえば、彼は中学二年生のとき、図学という科目の授業中に見せられた興味深い光景を思い出す。

どのクラスでも早耳の生徒がいるもので、授業が始まり掛けると、隣のクラスで見せた記憶術を我我にもぜひ見せてほしいとせがんだ。担当教官はやむをえないと、生徒に何でもよいから自由に思い付く単語を言うように言って、生徒の出す語句を順次黒板に縦に五句ずつ書いてゆき、四五人のクラスなので横に九列書き終わると、普通に文章を読む速さよりやや遅いくらいの速さで初めから見直し、終わりまで見直してから生徒の方に向き直った。そして全部の語句を最初から順次言い、次に後ろから言い、生徒の指示に応じて初めから何番目、終わりから何番目の語句を言ってのけた。生徒はみな興味津津注目していたが、終わりに教官は言った。

このやり方で、教科書を全部暗記することなど容易だから、いわゆる暗記物はこれで済ませ、考えなければいけない科目に全力を注ぐという受験勉強の仕方も可能である。しかし、いままでこのやり方を教えた生徒で身に付けることのできた生徒は一人もいない。教えても無駄だから君たちにも教えない、と言って打ち切った。

彼は大いに興味をそそられて図書館へ行って、関係のありそうな心理学の本を何冊か借り出し、「記憶」についての記述を読んでみた。そこにはいろいろ奇妙な例が書かれていて、明朗で温和な人物が陰鬱で粗暴な人物に豹変しまた元に戻ったり、交互に別人格の人間になるがそのたびに前の自分の言動を全然覚えていないという例だとか、突然自分が何者なのか自分の名前も住所もすっかり忘れてしまい、何日か、ときとして何ヶ月か、まれには何年か後に何かのきっかけで突然我に返るが、そのとき自分を忘れていたときの自分が何をしていたか思い出せないという自分の全生活の健忘の例だとか——これらはみな有名な話だと後で知ったけれども——、それにしても信じられないような多種多様な事例が数多く記載されていたが、記憶術についてもいろいろな方法が紹介されていた。

なるほどと納得のゆくさまざまな記憶の仕方が記載されていたが、要するに、記憶しようとすることを自分の興味に関連づけて映像化し、それを文にして連結することに尽きるように思われた。と同時に、問題はそのやり方に熟練することにあり、記憶を維持するための不断の反復練習が不可欠であるということが分かってきた。

原理は分かったものの、我流で少少試みてはみたがあまり効果が上がりそうもなかったので結局止めてしまったのだが、それはそれとして、メイの記憶力が持って生まれたものであるにせよないにせよ、とりあえず早速事務所の仲間に溶け込めたことを彼は喜んだ。

「ところで、あの女の子はときにぼんやりするようなことはありませんでしたか」と彼は聞いた。

老姐が、そんなことがあったか知らんと若い事務員の方を振り向くと、二人は顔を見合わせ、背のやや低い痩せた方の野口という事務員が思い出してそういえばそんなことがありましたと答えた。

黄色の買物車を押す老女が決まって午後の四時過ぎに事務所の前を通って行き、彼女が通ると今日の仕事もそろそろ終わりが近付いたかという気分にみながなるのだが、今日もやはり腰をほとんど直角に曲げ俯《うつむ》いて車を押して通って行ったとき、見るともなくそちらに目をやったメイの表情が思いなしか一瞬曇ったように見えた、そして、何かしら茫洋とした取り留めのない顔付きになったように思う。そのとき、あんなにびっくりするほどしっかりした娘《こ》がどうしたのだろうと思ったという。

「それがどうかしたの？」と老姐が言った。

「何かよく分からないのです、いまのところ。でも、どうということはないと思います」と言って彼はその場を立ち去ったが、メイがいずれはっきりさせなければならない問題を抱えていることが明確となった。

三の３

夜になって、彼はみきに断って源太郎の部屋に入った。みきも最初だからと一緒にきた。掃除の行き届いた部屋、南の窓に面して置かれた無垢欅の文机に並んで置かれた三段引出しの脇机、その前の座布団の敷かれた肘付回転座椅子、すべて源太郎のいたときのままにしてあった。

部屋の周りの床の間以外の壁面には、雨戸を開け閉《た》てできる隙間だけを空けて本棚と上置、さらにその上に天井まで本が整然と並べられていて、見回すと、この部屋の本はすべて叢書類と辞書・事典類ばかりである。

脇机の横に小形の経机風の台が置かれている。

「あれにはね、いま必要な本とか新しく買ったばかりの本とかを置いていたみたいですよ」とみきが言って、机の引出しを開けてみせた。中には文房具と用紙類が入っていた。


部屋の入口と反対側の戸襖を開けると、こちらの面は薄茶無地の和室の表装だが裏側は栓の突板張り洋間で、十二畳ほどの書庫になっていた。壁沿いと部屋の中に背中合わせにした本棚が四列、やはり天井まで本が並べてあり列の間に細長くダウンライトが組み込まれ、窓際のブラウンの書き物机の棚に一寸五分ほどの木彫の達磨がお守りのように置かれていて、それだけが唯一の飾り物であった。

本棚の本は内容と大きさによって分類し、その分類ごとに棚に余裕を持たせて並べてあった。新しい本を入れて整理するための余裕であろうと思われる。

書き物机の引出しにも文房具が入っているだけで、書かれたものは何もない。源太郎の思考に行き着く道があるとすればやはりこの大量の本の中にしかないことになる。

「たいへんだろうけど、あとはよろしくね」と言ってみきは出て行った。

本棚を見て回ると、哲学、歴史、文学、芸術から経済などの社会科学、物理、化学などの自然科学、医学などの応用科学それに当然のことながら建築、林業関係のものも大量にあった。洋書も混じっていたし、漢籍・和装本も積まれ、図書館などの十進分類法とは違うけれども整然と分類して並べられていたが、他と毛色が変わっていて目を惹かれたのは奥の壁に寄せた本棚の一角で、そこにある本は大きさも内容もさまざまで、電気器具を制御するのに不可欠の「ＬＳＩ」や高速伝達を可能にする「光ファイバー」、各種カメラに利用される「ＣＣＤ」やディスプレイ用「液晶」、疾患克服のための「ヒトゲノム――ヒトの遺伝情報――解析」や極微のサイズの技術で広範囲に応用できる「ナノテクノロジー」などいわゆる先端技術に関する本があるかと思えば、「邪馬台国」や「ある革命家の生涯」などという本があり、このコーナーはそのときどきの関心の動きに従って集められ、他に時事問題に触発されて購入されたと思われるものも多数混じっていてあらためて源太郎の知識欲の激しさを感じさせたが、見ているうちにこれらの本もこの書庫全体の本と同様、入手順ではなく一定の秩序によって配列されていることが分かってきた。

上段左に「宇宙」に関する本が何冊かあり何気なくその一冊を手に取って目次を見ようとすると、そこに挟まれていた紙がハラリと床に落ちた。それは古くなって少し茶色味を帯びた罫紙様《よう》の紙で、三枚重ねて二つ折りにされたのを開くと次のようなことが書かれていた。


宇宙は、いまからおよそ一〇〇億年余りむかし、非常な高温高密度の「火の玉」状態で生まれたという。

この「火の玉」は電離してプラズマ状態の物質、すなわち陽子・中性子と電子ならびに大量の光の混沌とした状態から急速に膨張して冷却し、陽子と中性子が結合して軽い原子核ができ、やがて電子が結び付いて水素とヘリウムのガスになり、宇宙の各所でそのガスが集まって天体ができ、できた恒星の内部で他のほとんどの元素が合成されていまの姿になったのだという。

これは、宇宙についての理論と、宇宙が膨張している事実の発見によって構築されたビッグバンといわれる仮説であるが、予想通り宇宙のあらゆる方向から来る「火の玉」の光の名残である宇宙背景放射の発見などによって確かなものとされている宇宙創造のモデルであるという。

この仮説は、「火の玉」が生まれる前に、極微の粒子と反粒子が対《つい》で生まれては消え、消えてはまた生まれして揺らぐエネルギーの高い高温の状態があり、それが膨張し冷却して状態が変化し、その状態の変化によって膨大なエネルギーが発生し、きわめて僅かな時間に「火の玉」の膨張より遙かに急激な加速膨張の時期があったとするインフレーション理論により補完されるという。

このインフレーション理論はその原因を含めてさまざまに変形し、さらに、インフレーション以前の宇宙の誕生についても諸説あるという。

宇宙の過去はそうであるとして、宇宙の未来はどうなってゆくのだろうか。

宇宙の未来については、標準的な考えとしては、宇宙は現在膨張し続けているが、膨張が収縮に転じる場合、膨張は減速してゆくが収縮はしない場合、等速度で永遠に膨張する場合の三つの場合が考えられるという。

宇宙が膨張から収縮に転じた場合、ビッグバンとは逆のような経過を経て、超高温で密度無限大の「特異な一点」に収縮するであろうという。

宇宙が減速するが膨張し続ける場合、限りなく定常的宇宙に近付くことになるであろう。

宇宙が永遠に膨張し続ける場合、最後は、星を輝かせる燃料の水素やヘリウムのガスが核融合して燃え尽き、宇宙は限りなく広がり限りなく希薄になりすべてのものが崩壊して暗くぼんやりした僅かな光の中で絶対零度に向かって永遠に冷却し続けることになるであろうという。

これは現在の時点での予測であるが、これを決定するのは宇宙に存在する物質の量であり、それを含めて未知のことが多いうえに、宇宙の最終段階は、時間の単位として億はおろか兆とか京《けい》とかの想像を絶した未来のことで、すべて可能性の問題であると言えよう。

【補註】

渦巻き銀河の星の回転速度の観測から、星のほとんどない外側にも、光を出さないが周りに重力を及ぼす大量の物質が存在していると考えざるをえない結果が出てきて、それを「暗黒物質（ダークマター）」と呼ぶようになったが、それは見ることもできず何であるかも不明であるという。

【注意】

宇宙が「火の玉」状態で生まれたというが、注意すべきことは、これが全宇宙・全空間であって、広い空間の中に「火の玉」があるのではないということであり、宇宙が生まれる前には空間もなく、宇宙がなくなれば空間もないということである。また時間についても、宇宙が生まれる前には時間もなく、宇宙がなくなれば時間もないということである。

彼はしばらく紙片を見詰めていた。この紙片は偶然発見したものであり、現在の宇宙論の要約に過ぎないが、ことさらメモを残しているのをみると、源太郎の単なる知識欲以外の心の深いところと何らかの関わりがあるような気がしてくる。

出版の日付を見ると、宇宙に関する数冊の本は左から右へ出版年順に並べられていて、彼の手にした本は二十年余り前で、最近の科学・技術の進歩は目まぐるしいものがあるのでその後さらに新しいことも出てきているであろう。宇宙の始まりについては一三七億年前で誤差はプラスマイナス二億年という観測結果が報道されてからだいぶ日が経つし、先年、人の遺伝を明らかにする「ヒトゲノム」について「解読完了」という記事が新聞紙面を賑わしていたことを彼は思い出した。最新の知識を得るために源太郎はつねにこれらの各分野の本を追加更新していたのだろうと彼は思った。

それにしても、このような宇宙についての覚え書きは、字句の修正もないところをみると清書されたものらしいし、永い時間を掛けて調べ考えられたものであるとすれば、彼もじっくりと源太郎の関心を追求してゆかねばならない、このメモも丹念に読む必要があると思い、それには、この本棚の一角は重要な意味があると思われた。

四の1

翌日、予定通りメイに製材所を見せることにした。森林《やま》と違っていまは源二の経営している材木屋は比較的近くにある。

車に乗るとまもなくメイは言った。

「昨日資料館の写真で見た、山守さん一家のように、ずっと山の中で暮らしてきた人たちが、山から村へ下りて、何かいいことがあったのでしょうか」

なかば自分自身に問い掛けるような調子であった。メイはそういう感じ方をしていたのだと、彼はメイの心の動きが少し読めるようになってきたと思った。

彼はやや間を置いて、考え考え言ったが、答えにはなっていないようであった。

「山を下りて、よかった、とは言えないかも知れない。しかし、世の中は、そういう方向に動いているのだろうね」

昨日から連絡してあったので、源二は製材所の中を順序よく案内し、台車や鋸盤《のこばん》の騒音の中で、丸太を挽材《ひきざい》にする場合どこをどう利用するかを決めるもっとも重要な木取りという工程では、この製材所の熟練工に説明させたり、念のいった応対の後、二人を製材事務所に呼び入れて、初対面の少女メイに対して当面の林業の問題について語り掛けてきた。

「昨日は組合の資料館を見たそうですね」「壁のパネルに、我が国は森林が多いのに材木の需要の二割ほどしか自給できないと書いてあるのを見たでしょう」

源二は言う。

森林が放置されて荒れ果てて、自給できなくなった直接の原因は、外材輸入が解禁され、外材が国産材より安く手に入るようになったからである。立木を売っても利益が上がらないから手入れされない、手入れされないから森林は荒れてゆき、良い材木は生産されない。結果として、余裕がないので、乾燥の足りない、従って強度の不足する生木が出荷されますます売れなくなるという悪循環が発生することになる。

「ではどうすればいいんですか」とメイが訊いたので、源二は勢い付いてきた。組合長をしている彼はそれなりに知識もあるが雄弁でもあった。

我が国の森林は小規模な所有者がほとんどなので、単独では生産コストを下げられない。そこで、せっかくの豊富な森林の材木の利用を発展させるには、森林所有者、製材所、工務店、需要者を一体とした、需要と供給の安定した「流通」過程を組織することである。

生産については、細かく林道・搬出作業道を整備し、小さくて高性能な機械を入れて伐採・運搬を合理化し、小規模加工場に精巧な機器を装備して「効率」を上げる。一方、住宅の注文を規格に合わせるセミオーダー化をさらに推進し、消費者の要望にすぐに応《こた》えられるような連絡網を構築する。曲がり材や間伐した小径材を集成材や合板として利用し、一部はパルプにして製紙原料とし、すべてを安定供給する。材木の乾燥には端材つまり木の皮や枝葉を利用して石油などの化石燃料は使用しない。これらを総合的計画的に運営して利益を森林所有者に森林造成の資金として還元してゆき、いわば森林と建築を一体化してゆくことである。

現在、戦中から戦後にかけて大量に伐採された森林の跡地に植林された、生長が比較的早く真っ直ぐに育つ杉、檜、唐松《から》などの人工林が利用可能な時期になり、森林の蓄積も毎年増加して増加分で材木の需要は満たしているので、現在二割にも満たない自給率もやがて八割は自給し、あるものは輸出もできるとわたしは考えているが、実際に、そういう方向に向かった動きが全国各地で出てきていて、さらに建築以外の木工品にも需要と供給の一体化が進みつつある。

「流通」や「効率」に力を入れる源二の説明をメイは注意深く聞いていたが、源二はここで藤の入れたコーヒーをゴクリと飲んだ。

我が国の森林の約四割は区画内の木を全部伐る皆伐林、約五割が日常的に利用される里山から奥山までほとんどが広葉樹の天然林、あとは竹林などであるが、これからは、樹の種類も大きさも入り交じって自然の力で生育した森林の成木を順次伐採して植樹してゆき、継続的に材木を提供ゆく択伐林をバランスよく造成し、森林の荒廃からの脱却と環境の保全とを目指すべきである。これがいわゆる「法正林」であると持論を述べ始めた。

そのとき窓近く、チッチッ、チッチッという小さな鳥の声と羽ばたきが聞こえた。

事務所の前庭には各種の樹木を植え、そのすべてに名札を付けて事務所に来る人のために現物見本を提供していたが、小鳥が舞い降りて取り付いたのは三メートルほどの高さの椿の中ほどの枝で、そこからさらに細い小枝に括《くく》り付けられた赤い細かい編み目の袋にしがみついて、ゆらゆら揺れながら中の白いものを突《つつ》いている。雀くらいの大きさで背中は青灰色の縞模様、頭は黒く頬と胴体は白く、胸から腹に掛けて黒い縦縞がある。

「あれはシジュウカラです。胸のネクタイのような模様の太いのが雄です」と源二は話題を変えた。そういえば二羽来ていて、一羽は他の枝の間を飛び回りながら順番を待っている。

源二によれば、白いものは、子供たちが食品店から取ってきたさいころ状の牛脂を、手洗い用の石鹸の網袋に入れてぶら下げているのだという。取り付けるのにも工夫があって、可能な限り細い小枝に取り付けてシジュウカラだけが止まれるようにしてある。他の鳥は止まると揺れて自分の重さで小枝が折れるのを懼《おそ》れて取り付かない。また、ここからはちょっと見え難《にく》いが、シジュウカラ専用の餌箱が柘植《つげ》の木に取り付けてあって、向日葵《ひまわり》の種などを入れるのだが、丸い入口の直径は二センチ六ミリで、他の小鳥たちは這入れないように作ってある。

いまの時期、メジロやスズメなどもよく来るが、同じ仲間に分類されているこれらの鳥にも強弱があって、メジロが来るとシジュウカラは逃げる。人間に対する警戒心の比較的少ないメジロは人影を見てもすぐには立ち去らない。そのメジロも群れで来るスズメが姿を現すと慌てて逃げて行く。

向日葵《ひまわり》の種は好物で、シジュウカラは餌箱から嘴でくわえて取り出し、太い枝まで飛び移り、足指で押さえ嘴で器用に皮を剥いて食べる。

子供たちがシジュウカラを優遇するのは、シジュウカラが一番弱いので、弱い者を守ってやろうという気持ちからでもあるが、胸のネクタイ模様の愛嬌にも因《よ》るのであろう。

しかしカラスとなると違う。朝早く空から見下ろしていて袋を見付けると袋ごと枝から引き千切って持ち去ってしまうことがある。

面白いのは、シジュウカラが、駐車している車のバック・ミラーや窓ガラスを烈しく小突いたり体当たりしたりすることである。ミラーに映る自分の姿を自分の縄張への侵入者と思い、それを追い出そうと興奮して戦っているのである。


「メイさんといわれましたね、あなた小鳥を飼ったことありますか」

メイは、

「義母《はは》が文鳥を飼っていました」と言って白文鳥のことを話し始めた。

孵化後間もなく雛をつぼ巣に入れて差し餌で育てると、「刷り込み」といわれる効果で人を親と思って手にも乗るようになる。

雛のころのことはメイは知らないが、ひらひらと雪のように舞い、手の平に乗せると暖かい。鳥の体温は四十二度ほどある。爪が伸びて丸くなり止まり木に止まり難《にく》くなると爪切りで切ってやったりしているうちに、庭に放して遊ばせても手を叩くと帰ってくるようになっていた。

十年ほど経ったろうか、ある日うずくまって巣から出なくなり、医者にも診《み》せ、厚い布を籠に被《かぶ》せひよこ電球で保温して回復を計ったが、ある日コトリと音がして、あっと思い布を取ると巣から飛び出して籠の底に転がっていた。落鳥とはよくいったものだ。よく注意していたら十五年は生きたものを、と義母は嘆いた。

義母は、石材屋さんから十五センチほどの四角い石とお寺から小型の塔婆を求めてきて「南無生類之墓」と書いて庭の片隅に建てた。


源二は小鳥のこともよく知っていて、鳥は視力がよく高いところからでも小さいものを見付けることができるのは、視細胞が人間の三倍くらいあるからだとか、人間には見えない紫外線でも波長の長い部分は見えるのだとか、いろいろなことを知っていたが、そのうち巣から落ちこぼれた雛鳥のことを話しだした。親鳥は巣から落ちた雛鳥はもはや自分の子とは認めず無視してしまうという。そしてあるとき、つがいで来ていたシジュウカラの一羽が来なくなり、どうしたのかと気にしていると、その一羽が害虫駆除のために仕掛けた粘着版に留まって動けなくなっている哀れな姿を見てから、害虫駆除を仕掛けることは諦めたと言った。

しかし源二の話とは別に、彼はこんなに長く話すメイを見るのは初めてで、何か不安な気持ちに襲われて様子を窺っていると、はたしてメイは顔を曇らせて放心状態に陥った。それはごく短い間だったので源二は気付かなかったが、小鳥の一生を語るメイの様子にメイの心を読む手掛かりがあるのではないかと彼は思った。

「あいにく今日は、工場の方は急に休みになってご案内できないのが残念ですが、せっかく材木のことについて知っていただいたついでですから、今度来られたときには工場の方もご覧に入れましょう」という源二の声に送られて製材事務所を出た。椿には「侘助」という名札が付けられていて、樹木林に続く池にはまだ冬眠から覚めない金魚が水草に身を寄せてじっとしている。

帰りの車の中で彼は言った。

「林業の中心は、高値で売買される、有名な銘柄の、節のない高級な材木、という時代ではなくなったのだね」

事務所に戻ると昼になっていた。午後、彼は一人で加護家に行くことにした。

四の2

加護家というのは、江戸時代は代代庄屋の旧家であった。

彼が小学校に入学すると、同じクラスにこの家の独り子がいた。クラスといっても各学年一クラスで入学時の募集は男女二十人ずつであった。家が近かったので一緒に通学し、この子とすぐ親しくなり、この家へもときどき遊びに行った。白く長い築地の中ほどにある門は、いまはいないが牛小屋になり、続いて農機具置場の長屋門で、塀の中の椎の林の先の大きな家は、漆喰の切妻茅葺き屋根に瓦の庇の付いた母屋の庇続きに一段低い瓦屋根の土間が付いていた。式台を構えた座敷の巨大な欅の大黒柱、土間に築かれた竈も珍しかったが、別棟の白壁の土蔵の錆びた鉄の閂を外して途轍《とてつ》もなく重い土戸を観音開きに引き開け、中の蔵戸の鍵穴に大きな鉤型金具を差し込み内側の差込を外して蔵戸をごろごろと引いて中に這入り、上の方の小さな鉄格子の窓から射しこむ僅かな光と湿っぽい冷気に包まれた隅に手動の脱穀機が置かれただけのがらんとした部屋の中にいると、ピラミッドの中とはこんな具合ではなかろうかという気がしてきた。むかしはここに米俵がいっぱい積み上げられていたそうだと友は言った。

仕事部屋だった一階の部屋から簡単に取り外しのできる階段で二階に上がると、先代の奥方の輿入れのときの、乗物と呼ばれた装飾の施された引戸駕籠が目に付き、壁に添った棚には大小の什器類が箱に入れて並べられ、古い文書を入れた箱が積み重ねてあり、棚の最上段には生地《きじ》の桐の刀箱が守り神のように置かれていた。この一口《こう》の短刀は苗字・帯刀を許された加護家の家格を示すもので、都の高名な刀鍛冶の弟子で地方に下った者の鍛えた古刀で、刀身は小板目《こいため》肌の鍛えに直刃《すぐは》を焼き、柄は白鮫皮《しらさめがわ》に茶糸で菱巻にして朱塗鞘に鐔のない合口《あいくち》造りに拵え、下緒《さげお》が付いていて、小まめに手入れはしたのだろうが永い間には錆びが浮いてときどき研ぎに出したらしく、刀の研ぎは荒砥《あらと》から始めて下地研ぎだけで普通六挺の砥石を使うのでかなり痩せていた。

彼が建築関係の仕事をするようになると、建物を定期的に点検し、古いけれども骨組みはしっかりしていたが漆喰壁の塗り替えや床など造作《ぞうさく》の補修、建具の取付の調整等、一切の管理を任されていた。

加護家の当主は役所務めをしていたころ、ふとした勢《はず》みで木彫に興味を持つようになり、気付いたらいつのまにか自分でも小刀《こがたな》を手放すことができなくなっていたという。

彫《ほ》るのはクスノキ材の狐が多く、なぜそうなるのか本人は相性の問題だと言っているが、天然木だから彫り上がって一月《ひとつき》余り乾燥させておくと、彩色しない粗彫りのままなのに生身《なまみ》の犬が吠え掛かるのは、見慣れぬ異類のせいなのか木の匂いのせいなのかと家人の言うのを彼は聞いた。

加護家の点検を終えて事務所に帰ったときすでに午後六時を過ぎていたが、彼の立ち寄るのを待ちかねていたように老姐が言った。

「たまげたねえ」

昨日に続いてメイがびっくりするような能力を発揮したという。

会計係が、伝票を元帳に転記しながら合わない合わないと左手で電卓を打っている傍を通り掛かったメイが少し立ち止まり、「1と7ですね」と言ったという。

計算が合わなかったのは「1」と「7」の読み違いで、メイは正しい合計を指示したという。見ると計算機を持っていない。尋ねると「暗算です」と応《こた》えたという。いろいろ訊ねたり試したりしているうちに、メイが素晴らしい暗算能力を持っていることが分かってきた。むかし珠算に熱中したことがあったという。「何級なの」とだれかが言うと「級じゃないでしょう、段よ」とだれかが言ったが、検定は受けていないという。昨日の記憶力といい今日の計算力といい、メイは事務所の注目を一身に浴びることになったらしい。

しかし老姐は、昨日彼に聞かれたこともあってそのあとのメイの奇妙な表情を見逃さなかったという。みなが席に戻ると、メイも自分の机まで来て立ち止まり、唇は閉じているがどこを見るともない虚ろな目付きになったという。

メイの心はやはり何かに捕らえられている、その何かを見極め、できることならそれから開放してやらねばならないと彼は考えた。

四の3

夜小早く彼は源太郎の書庫に入って奥の壁に寄せた本棚の一角に行った。

この本棚には、上段左の宇宙に関する本に続いて「空間」と「時間」、「物理」に関する本があり、それに続いて「現代数学」の本があり、この本棚は源太郎の思考の体系によって並べられていると思われてきた。そうだとすれば、この順に従って追求してゆくのが源太郎に行き着く正道ではないかと彼は考えた。

昨日見た宇宙に関するものと同様、源太郎の思考の跡を記した罫紙様《よう》の紙が本の間に挟まれているのではないかと期待して、これらの本を順次抜き出して開いてみると、はたしてその日付の新しい一冊の終わりのあたりに三枚の罫紙様《よう》の紙が挟まれていた。

振り返ってみると、宇宙に存在する天体などの物体とは関係なく無限に広がる空間というものが考えられ、また時間についても、無限の過去から無限の未来に続く時間というものが考えられるようになったのは、西欧ではおよそいまから三百年ほど前のことである。

ところが、二十世紀になって物理学の世界に革命的理論が登場して空間と時間についての考えに根本的な変革をもたらした。

「光の速さは有限であり真空中では一定であるが、観測する人がどの方向にどのように運動していても、その人から見てつねに一定の同じ速さに観測される」という事実から、いままで別別のものとして考えられてきた空間と時間とが融合した「時空」として捕らえられ、静止している人から見ると「高速で動いている物の運動方向の長さが縮み時間は遅れる」、さらに「物があると空間が歪《ゆが》み時間は遅れる、すなわち、物質の作り出す重力が時空の構造を決定する」というこの理論は、太陽の近くを通る星の光が太陽の方に曲がるという観測によって実証され、人工衛星を利用して地球上の現在位置を正確に測定するのにも応用されているという。

この理論が明らかにした事実は宇宙規模で観察されることで、人間は微少過ぎて日常生活で経験することはほとんどないので、人類の永い歴史の中でも気付かれなかったのである。

また、同じく二十世紀になって物理学の世界にもう一つ革命的理論が現れた。「極微の世界においては、エネルギーはある特定の小さな値の整数倍の値しか取りえない不連続なものである」という事実に発して、「微粒子は波動であると同時に粒子である、すなわち、震動が周囲に広がりながら伝わってゆく現象のような性質を持ちながら、限られたところに存在する物のような性質も持っている」、さらに、「位置と運動量のような二つの物理量は同時に確定した値をとることはできない」という事実から、「一つの粒子が同時に複数の場所に存在できる」ということの理論も、諸種の観測によって実証され、現在各方面で利用されている半導体の理論的基礎にもなっているという。

＊物質には電気を通す「導体」と通さない「絶縁体」とがあり「半導体」は低温ではほとんど電気を通さないが高温になるに従い電気伝導率が増すという。

この理論が明らかにした事実は極微の世界で観察されることで、人間のレベルでは事象が微少過ぎて日常生活で経験することはないので、これも人類の永い歴史の中で気付かれなかったのである。

この物理学の二つの理論及び観測が宇宙創造のビッグバンとインフレーション理論を支えているのである。

一方、十九世紀から二十世紀に掛けて物理学の革命に先行して数学の世界においても根本的な変革が起こっていた。

宇宙についての理論は、十九世紀末に、古来の常識を覆して築き上げられた普通の意味の直線は存在しないという曲面の幾何学を土台として成立し、この数学では、宇宙をどこまでも限りなく真っ直ぐに進んでいるつもりでいてもいつか元自分のいた所に戻ってくるということもありうるのである。

「限りなく」とか「無限」ということについて問題にされ始めたのは西欧では紀元前六世紀ごろというが、十九世紀になって、無限をテーマにする危険を警告した数学者がいたということだが、二つの無限を比較して「この無限よりこの無限の方が大きい」と、無限を数えることを初めて可能にした数学者が最後にいた場所は精神病院であったという。

この、無限の大小の比較は、いまは初等の算術でできることのようだが、現在「無限」は数学の重要な分野になっているという。

彼はこれを記録している源太郎の姿を思い浮かべた。事実をできるだけ簡潔・正確に記録しているだけのように見えるが、やはりどこかに源太郎の思いが隠れているのではないか、何を考えていたのかその道筋がここから辿《たど》れるのではないかという気持ちが次第に強くなってきた。そしてそれが「宇宙の創造」から始まり「宇宙の終わり」もしくは「宇宙の未来」というのは如何にもそれに相応《ふさわ》しいことではないかと彼には思われてきた。

五の1

翌朝、材木関連の現場はまとめて一通り見せておいたほうがよかろうと考えて、彼は昨日に続いてメイに源二の工場を見せることにした。工場は製材所に隣接しているが、かなり烈しかった夜来の風雨で飛び散った木の葉などが掻き集められていた。

工場というのは木質ペレット工場である。

この工場で製造しているのは、森林の残材・製材所でできる鋸屑などの廃材を径六ミリ・長さ一五ミリのペレット燃料に仕上げて袋詰めしたもので、公共施設などの暖房・給湯、温泉・温水プール・園芸施設の加温、さらに工場の自家発電装置など用の中小規模のボイラー、それに家庭用ストーブなどに使用されているという。

源二は工場の、原料の破砕、乾燥、成形、冷却、選別（定型に満たないものを元に戻す）・袋詰というペレット製造工程を説明し終わると、事務所に戻って、

「このような工場は急増していて、いま全国で約六十社ほどあり、年間の総生産量は六万トンを超え、その八割以上はボイラー向けです」と言った。

そして、

「バイオマスという言葉を聞いたことがあるでしょう。バイオマスとは、生物の量という意味ですが、いまは、エネルギーとして利用される生物と生物から出てくる廃棄物という意味でよく使われるけれども、注目すべきは、埋蔵量が、石油は四十年、石炭は百三十年、天然ガスは六十年の採掘で枯渇してしまうと推定されているが、消費は年年増加しているのでこの年数はさらに短縮され、やがてなくなってしまうときがくる、そのような化石燃料とは違い、バイオマスは、この木質ペレットもそうですが、燃やして使用しても、植樹することによってまた再生することができるという点です」と視点を拡大してきた。

ブラジルではサトウキビ、アメリカではトウモロコシを加工してバイオエタノールが製造され、化石燃料に代わる運輸用燃料として利用されていて、この目的で麦を栽培している国もあ

る。

わが国では、エネルギーを取り出すための農作物の栽培はほとんどされていないが、生物に由来する廃棄物を利用して電気や熱などが取り出されている。材木について言えば、森林から切り出される木の三分の一以上は残材として森林に残されるのが現状なので、木質ペレットやチップにして燃焼熱を利用したりパルプ用材にする他に、廃棄材木からバイオエタノールを製造する研究も進められている。

それにしても、我が国のエネルギー自給率はわずか四％に過ぎず、残りの九六％は輸入に頼っているのが現状である。しかし輸入されるのはやがてなくなる化石燃料であり、これに替わる自給可能な再生可能エネルギーの開発が避けられなくなっている。

現在利用されている再生可能エネルギーは、太陽・水力・地熱・風力とバイオマスなどによる発電である。国は、全発電量（すべてのエネルギーの四十％）に対して現在実績九％余りの再生可能エネルギーの発電量を二十年後に二十％余りに引き上げる計画であるが、太陽光と洋上風力による発電を柱とし、燃料の中心を電池として知られている水素として油脂を抽出できる藻類を含めたバイオマスなどで補い、技術の進歩と施設の充実によって四・五十年後にはすべてのエネルギーを自給できるようにする。そして電源の出力を安定させるための蓄電システムと電力需給の最適化送電網（スマートグリッド）を整備してゆく。これらは計算上の企画であるが、最終的には、究極のエネルギーである太陽と同じエネルギーの実用化を実現する。

バイオマスについては、別に重要な用途がある。他の再生可能エネルギーと違って、エネルギーとしての利用法の他に、もう一つ、ものとして利用されることである。

化学製品、たとえばほとんどが石油から造られているプラスチックの代わりに穀物や芋、材木や草の茎などからもバイオマスプラスチックが造られていて、石油から造られるプラスチックが使用後は廃棄物として蓄積されて環境問題を起こすのと違い、バイオマスプラスチックは土中の微生物によって分解されやがては炭酸ガスと水になる。

その他、合成繊維から医薬品に至るまで、石油から製造されるほとんどの製品はバイオマスから製造され製品化されているのである。

源二は続ける。

「ただし、バイオマスの利用で注意すべきことは、エネルギーやものとして利用する農作物は、同時に食料であり動物たちの飼料でもあるので、すでに世界で問題になっていますが、計画的に開発しないと、エネルギー生産が食料生産を脅かすということが起こります。エネルギーに利用するために食料が不足するというようなことがあってはなりませんので、その調整を間違わないようにすることが大切です」

一息置いて、

「バイオテクノロジーといわれる分野があります。つまりバイオの技術のことですが、各方面で、まさに日進月歩の有様で、一株で一万三千個まで実をならせることのできるトマト、などというびっくりするような話もあります。今日は、この分野にはあまり深入りしないとして……」と言い掛けたとき、窓の外で小さな羽ばたきがして、昨日のシジュウカラがまたチッチッと鳴いた。

源二は、「シジュウカラはいまごろしょっちゅう来ます。むかし、子供たちがどこかで作り方を教わってきて、シジュウカラの巣箱を作ったことがあります。いまは取り外しましたが」と話題を変えた。そして、

「わたしは、永年ここに住んでいて、シジュウカラの習性もかなり知ってはいましたが、巣箱を作って目の前で見たことはなかったので、いろいろ参考になりました」と言った。

事務所の窓から見える松の木の、二メートルほどの高さから伸びる枝の幹元に巣箱を取り付けたが、新しい箱は好まないらしく、二年ほど経って諦めかけたころ、ふと気付くと、一羽のシジュウカラが巣箱に這入って、中でコツコツ、コツコツ小突いている音がする。どうやら巣箱が安全で確かなものか調べているらしい。そして二・三日すると、草か何かの端くれのようなものを、くわえて来ては出てゆき、くわえて来ては出てゆきし始めた。四月の中ごろのことである。子供たちも熱心に観察し、記録し始めた。

草の端くれのようなものを運び初めて一週間ほど経つと、ときどき巣箱に出入りするだけになり——実はこのとき一日一個ずつ卵を産んでいて、全部産み終わって卵を抱き始めたらしいが——、それから二週間余り経ち、突然、二羽で数分置きに小さな虫らしいものをくわえて来て、松の木の隣の木斛《もっこく》の枝に止まって辺りの様子を警戒して巣箱に入ってゆく。出るときは必ず白い欠片《かけら》のようなもの——卵の殻らしい——や、黒っぽいもの——雛の糞らしい——を持ちだしてくる。巣箱の中では雛が孵《かえ》っているらしいのである。鳴き声はほとんどしない。

夜明けから日暮れ近くまで、雛に餌を与えるために働き続ける日日が数日経った早朝、巣箱の屋根の形が妙に丸くなっているのでよく見ると、巣箱の上に茶色の猫がうずくまっているではないか。驚いて追い払い、木に登れないように猫避《よ》けの剣山様《よう》のものを急いで仕入れて松の木に取り付けるという予想外の出来事があった。

その後十日余りしたある日の昼前、親鳥が声を揃えるようにして木斛から巣箱に向かって鳴いている様子に気付いた。雛たちに向かって巣立ちを促しているらしい。すると、丸い巣箱の穴から首を出し、すぐ飛び出して隣りの木に移ったのがいる、雛だ、小さい、親の六分くらいの大きさだ。またすぐ次のが首を出し、飛び出す。また首を出す。やがて、首を出すが、おずおずと周りを見回し、なかなか飛べないのがいる。親がチチと鳴く。やっとの思いで近い枝に飛びつく。そしてまた一羽。そしてまた一羽。もう終わりかと思ったらまた一羽。全部で八羽。それらが松の木の周りを飛び回り飛び回りしているが、親鳥に付いて遠くへ飛んで行く。親鳥は二・三度遠くとの間を行き来して飛び遅れがないか見に来るが、残りのいないことを確認すると、ついに飛び去ってこの夏はもう帰ってこない。

箱の正面下の蝶番《ちょうつがい》で取り付けてある板を開けて巣箱の中を覗いて見ると、底に三センチほどの厚さに草の端くれと見えた苔を敷き詰めてあり、その上に真っ白な細い獣毛――たぶん犬か何かの毛――で丸く作られた卵を乗せてあったと思われる皿型のものがあり、きれいに掃除されていた。

卵皿は混じりのない真っ白な細い毛でつくられていたが、犬も猫も馬も牛も、ほとんどの哺乳類は色の区別がつかないらしいが、鳥は紫外線も見分けるし視力は抜群で、空の上の方から木の葉などに付く小さな虫を見付けることができる。

源二の言葉に切れ目がきたとき、

「この人は喋《しゃべ》りだしたら切りがないんだから」と言いながら、藤が話を切り替えてきた。材木屋では、メイのような少女は珍しい来客だったのであろう。そして、

「これはお守りです。よろしければお持ちください」と薄赤と薄緑の縦縞の小袋を持ち出し、中の半透明紙に入れた椿のように艶のある細長いこれも縦縞の木の葉を見せ、

「ナギです」と言った。


森林《やま》の奥に千年を越すといわれる大きなナギの樹《き》があり、男が五人手を繋いでやっと抱えられるほどの太さで、むかしは女人結界《にょにんけっかい》で女は近付けなかったが、「ナンジャモンジャの樹」ともいわれ、伐ると怪我をしたり病気をしたりする、焼くと家が火事になるという地方もあるそうだが、ここでは魔除けや厄除けになると、子供のころ持たされたという……。

このとき彼は、メイが確かに藤の話に関心を持ちながら、同時に別の想念に取り憑かれたらしい気配を感じた。それは放心という様子ではなく何か深く沈潜してゆくものがあるような感じであった。

幸い藤の話は長くはなかったし、メイの気配には気付かれなくて済んだが、彼の心にも何か閊《つか》えるものが溜まってゆくようであった。

まだ眠っている金魚の池の傍らを通り、事務所を辞し、彼はメイに言った。

「エネルギーの完全自給は、設備投資の点からみてみても、あなたの時代の夢でしょうね」

五の２

午後、彼は、材木商時代から付き合いの深い棟梁宅を訪れた。当主の菅原氏が顔を出し、お呼び立てして申し訳ない、と言って座敷に通すと、すぐ用件を持ち出した。

いままで、いろいろな人に、その希望に応じていろいろな家を建ててきたが、この辺《へん》で、自分自身のために、自分の住まいを建てておこうと思う。理想的な住まいなどというものではなく、単に心の落ち着く住まいでさえあればよいのだが、さて建てようと思い付いてみるといろいろ迷いが生じてきて具体的な姿が出てこない。

中国のむかしの書物に、薬売りの老人に案内されて壺の中に這入ると別天地があったという話があり、「壺中天」といわれているが、そこは「玉堂」が「厳麗」であったと書かれているらしく、また、我が国の古い言い伝えにある「浦島」の話でも、遙かに遠い海中の島の玉を敷いた様な土地に、雲が懸かるほど聳《そび》える城門があり、その中に「楼堂《たかどの》」が「玲瓏《てりかがや》」いていたと記されていると聞いたが、「玉堂」も「楼堂」もともに憧れの建物が「宮殿」であるということになる。

わたしは御殿のようなものなど建てるつもりはさらさらない。むしろ日本古来の民家風の建築にしたいと思う。日本の民家というのは、まず木造であり角形である。土間と高床が混成していて出入口は引戸である。概して西国では密閉型、東国では開放型であり、屋根は寄棟が多い。それに縁側があるのが望ましい。

郊外に山を持っているので、材木はそこから伐り出し、その麓を屋敷にしようと思う、よろしく頼むと言うのである。よろしく頼むと言われても困ったことで、これは特別困難な仕事ではないように聞こえるれけども、この棟梁は幅広い趣味の持ち主で、実ははっきりした自分のイメージを持っているのにまずこちらの考えを聞いてくるので、まるでテストを受けているような気持ちになることが多く、とくに今度は何か思い入れがあるようで、相当難しい仕事になるのではないかと彼は感じた。しかし、彼が通された客間に掛けられている軸はいままで通り「花鳥風月」であった。

これは偶然ではあるまい、日ごろの振る舞いからみて菅原氏は謎を掛けてきたのだと彼は思った。

用件を話し終わると菅原氏は問わず語りの雑談を始めた。

木の寿命というものは奇妙なもので、桃や栗のように実の成る木は数十年で、百年と保《も》たないが、高くなる木の寿命は正確には分からない場合も多い。七千二百年になると言われている杉もあるが、これは四〜五千年という説もあり、二千百七十年だというもっともらしい数字もあると、いつ終わるとも知れない話になってきたので、彼は、「お屋敷の建築のお話ですが」と話の切り上げに掛かり、とてもご要望に添うことはできそうにないと固辞したが、「あなたのところには『とりさん』という庭造りの名人がいるではないか、ぜひ引き受けてもらいたい」とのたっての要望で断り切れなくて、とりあえず話を持って帰ることにした。

五の3

夜になると、興味と期待でほとんど高鳴るような心臓の鼓動を感じながら、彼は源太郎の書庫に向かった。

奥の壁に寄せた本棚には、はたして宇宙とその理論に関わる本に続いて「星」の本があり、一冊一冊引き出して開いてゆくと、罫紙様《よう》の紙が夾まれていたのは「太陽系」の本であった。

宇宙の各所で水素やヘリウムのガスが集まってできた天体、そのまとまりの一つが天の川銀河であるが、天の川銀河とアンドロメダ銀河を中心として半径三〇〇万光年ほどの範囲にある銀河集団を局部銀河群といい、三〇個以上の銀河が含まれる。さらに直径一五〇万光年の広がりに存在する一〇個以下の銀河集団を銀河群といい、一〇〇〇万光年程度の大きさの領域に存在する五〇個以上の銀河集団を銀河団といい、一万個近い銀河団のカタログもできている。そして、これらが連なり合っている一億光年より大きな銀河の集団があり、これを超銀河団というが、逆に、一億光年以上にわたってほとんど銀河のない超空洞（ボイド）と呼ばれる領域があり、この大規模な構造がわれわれの宇宙の構造であると考えられているという。

天の川銀河の誕生は、宇宙誕生の数億年ほど後のこととされ、直径一〇万光年、中心部の厚さ一・五万光年、回転しているので円盤形をして渦を巻いているが、その中に漂っている、星間雲といわれる、水素を主成分とするガスや珪素・炭素などの塵――星の爆発で散乱したものかともいわれるが確かな出所は明らかでない――が重力によって収縮し、低温の状態から温度が急上昇し、中心が水素の原子核融合反応の起きる一〇〇〇万度以上になって自分で光を発する星すなわち恒星となる。天の川銀河の中には二〇〇〇億個以上の恒星があるとされる。

その恒星の一つが太陽である。太陽は、地球を含む九つの惑星がそれぞれの軌道で周りを回る太陽系の中心星である。太陽系の誕生は四六億年前のことであり、太陽の影響の及ぶ限界は、一・六光年ほど先であると想定されている。

太陽系は天の川銀河の中心から二万八〇〇〇光年離れ、太陽自身が二五日余りの周期で自転しながら、太陽系の全体は天の川銀河の中心を二億年以上掛けて周回していて、誕生以来現在までに二〇回以上公転していることになるという。

太陽の表面温度は六〇〇〇度近く、大きさは直径六九・六万kmで、地球の一〇九倍、これは太陽の中心に地球を置けば、太陽の表面は、月を超えて、地球と月の距離の一・八倍先となる大きさである。太陽の質量は二×一〇の三〇乗kg、地球の三三万倍で、太陽系全体の質量の九九・八%を占めるという。

太陽は、重量で水素が七三%、ヘリウムが二五%の巨大なガスのかたまりであると聞けば驚くが、中心部の気圧は二四〇〇億気圧ときわめて高く、密度は水の一五六倍、鉄の二〇倍に相当し、固体のように働いているという。

太陽の中心核の半径は一〇万㎞、重さは全体の一〇％で、温度は一六〇〇万度近くである。一〇〇〇万度を越すのは中心核とその付近だけであり、中心核で起きる水素が核融合によりヘリウムに変換されて開放されるエネルギーが太陽エネルギーの源であり、中心の水素含有重量は三六％であるが、始めは七〇％を占めていたと考えられるから、半分を消費したことになるという。

太陽はこれからどうなるのだろうか。

太陽の一生は一〇〇億年と考えられるから残りは五四億年ほどである。五四億年後に、中心核の水素は燃え尽きて水素の核融合は終わり、質量の大きいヘリウムだけとなり、中心核は重力で収縮して温度が上がり、中心核から流出した熱エネルギーによって外層は膨張し、温度が下がり、赤色の巨星になってゆくという。

赤色巨星となった太陽は、中心核が収縮して一億五〇〇〇度くらいまで上がるとヘリウムの核融合が起こり、ヘリウムが燃え尽きるようになると――ヘリウムの燃え尽きるのは三五〇〇万年ほどと速い――、重力で外層部のガスを留めておくことができなくなり、ガスは宇宙に放出され、地球くらいの大きさで、表面温度は一万度以上、密度は一立方センチメートルあたり一トンにも達する白色矮星になり、余熱で白く輝いているが、核融合による熱源もなく、徐徐に熱を放射し続けて冷えてゆき、やがて黒色矮星になって見えなくなってゆくという。

地球は太陽と同じ星間雲からほぼ同時に生まれたとされるが、最期は、膨張する太陽の中に落ち込んで超高温で蒸発するか、太陽の重力が弱くなり、地球の軌道は膨らみ、太陽には呑み込まれることはないが、太陽と同様の終末を迎えることとなるという。

［天文関係の数字の多くは理科年表による］

このメモには、太陽の惑星は九つとあるが、比較的最近の新聞に、一番太陽から遠い冥王星は、その性質から惑星から外され、太陽の惑星は八つと定義されたという記事が掲載されていたのを彼は思い出した。

太陽に続いて地球がくると思われたし、地球に関する本も相当あったが、源太郎のメモは見当たらなかった。太陽の文の末尾に記された数行がすべてであった。が、それはそれとして、彼は、源太郎のメモを読んでいるうちに、子供のころ行った天体観測所のことを思い出し、そう遠くはない「観測所」にそのうちまた行ってみようと思い立った。

六の１

「匠《たくみ》」というのは普通木工職人をいうのであるが、庭師の飛鳥氏は仕事が「巧み」であるという意味で「たくみ」と言われ、本人は自分が何と言われようが一向関心がないばかりか、名前の「飛鳥」は本来は「あすか」と読むのだそうだが、「とぶとりさん」と呼ばれて「はいはい」と返事して訂正しなかったので「とぶとり」という読み方が定着し、略して「とりさん」と呼び慣わすことになってしまい、「たくみ」の「とりさん」と呼ばれていた。

彼がまだ学校に行く前の子供のころ、祖父に連れられて仕事の現場に付いて行ったある日、祖父が若い衆《し》と庭木の手入れをしていると、ひょっこりと通り掛かった男がいる。その出立《いでた》ちから見て庭仕事関連の職人であることは明らかであった。男は立ち止まって仕事の様子を見ていたが、「ふむ」とか何か口の中で呟いてそのまま立ち去ろうとしたとき、祖父が呼び止めた。

「ちょっと手伝ってくれませんか」

男は気軽に剪定鋏を執って言われるままに松の隣の庭木の王者ともいわれる樹高一間半ほどの木斛《もっこく》に手を入れ始めた。行きずりの職人に仕事場の剪定を任せて大丈夫かと、それとなく若い衆《し》の注目する中、徒長枝を始め嫌味《いやみ》枝を切り落として、みるみるこの木本来の自然な楕円形に仕上げていった。

昼休みに、家の奥の十坪足らずの坪庭を見せて祖父が言った。

「この石に手を加えてみませんか」

二間半ほどの黒松を主木に乙女椿を添え、幅一尺半ほどの茶褐色の小さな水鉢を据えてそこから玉石やゴロ石で丸く湧き水の形に造り、赤石や浅間のクロボク（溶岩）を適当に列べて流れとして中に伊勢砂利を敷いたもので、施主が枯流れを意識して自分で造作したものであることは明かであった。

男はのんびり腰を下ろしているように見えたが、すべての石の形に応じた適所を見定めていたらしく、やがてシャベルを梃子にして石を全部掘り起こし、松の木の奥に平らな面の広い石を立てて鏡石とし、周りにボク石を積み上げて三尺余りの滝を造り、滝壺の中に水の盛り上がりと見える玉石を置き、滝口の流れ出しを高く狭くして流れの急な様を表し、分流して片方は蹲踞に流して左右に手職石・湯桶石、手前に前石・飛石と型通り役石を据え、片方は下流へと流れを造った。

その鮮やかな仕事振りに見に来た若い衆《し》も互いに顔を見合わせた。帰り際に祖父が、しばらく家《うち》の仕事をやってくれないかと言うと男は「流し」だから承知と言った。

家に帰ると祖父は彼に言った。

「坊やにはまだよく分かるまいが、あの男は徒者《ただもの》ではないぞ。あの石組みを見るがよい。石組みだけなら慣れればできるようになるが、滝口の横に敷地内にあり合わせた雪柳を根分けして、枝が滝の中程に差し掛かるように植えたのを見たか。あれは「飛泉障《ひせんさわり》」といって、奥義というほどのものではないが、並の職人の思い付くことではない。これは滝水の一部を隠して全体を見せないようにするためで、一筋の滝の役木である。庭造りの根本に「見えがくれ」ということがあるが、それで奥行きを造るのだ。

これは聞いた話だが、絵などの場合に、物語の主人公を描かないで、関係のある背景や小物を描いて主人公を連想させる、『留守模様』という描き方があるというが、庭造りにも、肝心のものは見せないというやり方があるのだよ。いいかね、あの男の奥行は見物《みもの》だよ」

こうして飛鳥氏が居着くことになったのだが、やがて明らかになったその誕生話はみなを驚かせた。飛鳥氏の父は山中に住み、ときどき村里に出て労力を提供し、煙草や米・酒など僅かな報酬を受け取ってすぐ山に戻ってきたという。母は里女で、臨月に山に入って文字通り飛鳥氏を産み落としたのだという。

原木集積場の資料館の写真にあった山守一家のような人人とは違い、いわんやいまは絶滅したが地方によって山人《やまびと》とか山男《やまこ》とか呼ばれるむかしむかしの先住民の生き残りかも知れない人人とも違い、何らかの理由で山に入ってそのまま山から出てこない村人がまれにいるという。

飛鳥氏の父と母はいまどこでどうしているのか、飛鳥氏はどうして山を出ることになったのか、それらすべてのことは定かでないが、山を出てから住居不定、諸国を遍歴し、しばしば「ほいと（乞食）」とも呼ばれ、その仲間入りは常のことであったらしい。

不思議なことはどこにいてもすぐ周りに溶け込み生きてゆくのに苦労はしなかったということで、その点で特異な能力を持っているらしい。

ほとんど信じ難い話ではあるけれども、その朴訥な話しぶりと山への愛着の深さと山の自然や樹木などの生態に関する深い知識や庭造りの技の冴えは伝説となって、職人たちの尊敬の的になっているのである。

祖父も九十を越し庭仕事は飛鳥氏を中心に動いているのだが、いま、これまでにない難しい仕事を引き受けざるをえなくなっていた。明治中期、農家に生まれ、木炭の売買で発展した初代が築いた庭園が歴史に残る大震災で岩盤の一部が崩落し、その経営する旅館は辛うじて難を逃れたが庭園の復旧は容易ではなかった。

旅館の二代目が彼の祖父と旧知の間柄であったので、当主も了解し、その任が飛鳥氏に回ってきたのである。

仕事場に行くと、飛鳥氏は土木工事の親方風の男と立ち話をしていていたが、メイを連れて彼が来たのを潮《しお》に、話を打ち切って立ち去った。

彼は、飛鳥氏は書物の学問はないが「自然」の本質には通じているようであるし、ひごろの様子から考えるとそれなりのことは期待できるのではないかと考えて、昨日の棟梁の依頼、すなわち「心の落ち着く住まい」という依頼を持ち出した。

飛鳥氏は何か思い巡らす様子であったが、「とりあえず現地を見てみましょう」と言った。それはそうに違いない、現地を見ずに決められる話ではないと聞いてみると、今日の午後は都合が付けられるという。方針だけでも早く決められたら決めた方がよいと彼は考えたが、飛鳥氏がどこまで菅原氏の意図を理解したのかにわかに不安になってきて、思わずメイの方を見ると、メイの方は、何かの深みへ沈み込んでゆくとでもいうか、暗い瞑想の淵に引き込まれるような表情を浮かべていた。

六の2

メイを事務所に送ったあと、彼は飛鳥氏と棟梁のいわば隠居予定地の下見に向かった。以前バスで通ったことのある場所で、現地のおおよその見当は付いていたが、街の中心を遠く離れた農家の集落の外れ、南北に水田の中を走る街道の東、緑の山並みの迫る森の茂みの中に神社らしい屋根が見え、その森の南の生え始めた薄野原の山際に棟梁所有地の標識があった。突出した尾根の端の谷寄りに山に登る細道が見えた。

振り返ると、西方遙か遠くに薄い紺色の連山の稜線が霞み、折しも二両連結の電車が連山との間を横切るように走って行った。

棟梁の建てようとするのは古民家風の建物であるという。

この環境の中での日本古来の民家風ということになれば、基本的には農家風の住まいということになると思われるし、庭もそれに相応《ふさわ》しいものになろうと一応は想像されるが、さりとて農業をする訳ではないから、農家風の庭ではあまりにも容易に過ぎて、依頼した棟梁の思惑《おもわく》を推し量ると彼の落ち着かない気持ちは募ってきたが、飛鳥氏は細道の登り口に立って周りを眺め、何か呟いている様子である。

彼がかつて調べたところでは、古代社会において、朝鮮半島の百済を経て大陸から仏教中心の文化が伝来し、須弥山が世界の中心であるとする思想の影響を受ける一方では、中国の神仙思想が這入ってきて、大和明日香の地の宮居《みやい》や有力豪族の家に、方形など直線的に構築され石積みで護岸された池、精巧な石造りの噴水施設などがあったことが遺構の発掘によって明らかにされ、これらは鑑賞を目的として造られたものではないが、「庭」というものが造られた最初のものであるとされる。

やがて、大陸から直接情報が輸入されるようになり、唐の長安をモデルとした平城京が造成され、庭は、明日香と違い、池は曲池になり、水辺は小石を敷き詰めた州浜による護岸となり、加工しない自然石によって石組みされるようになったが、単なる唐風の模倣ではなく、細部には日本独自の工夫が見られる。

平安時代になると、貴族の住宅には寝殿造庭園の型が確立し、南面した正殿の前に行事などを行う広場を設け、さらにその南に池を設置し、正殿の正面を避けた中島《なかじま》に橋を渡す。左右対称にならないように配慮し、すべて自然本来の姿を模範とするという考え方が基本原理となり、やがて正殿が仏殿となりその姿を池に映すという変形も出てくる。

鎌倉から室町時代に掛けて、景勝地に寺院を造作すると同時に、書院――武家風に変化した寝殿――に座って水のない石組みだけで造成された象徴的な自然の景観を眺めるという作庭が出現し、「残山剰水《ざんざん》（破れ残った国の山水）」といわれる、余白を残して全体は見る者の想像に任せる大陸の山水画の技法も用いられ、一つの世界観を表す石組みも構築される。

安土桃山時代になると、露地――庶民住宅を範とした草庵への通路――を主役とする、市中にあって山居を求める庭園の考え方が成立する一方では、武家屋敷に石組みと植栽の変化――蘇鉄《そてつ》のようなものを植える傾向が現れる。

江戸時代になると、園内を徒歩や舟で回遊したり、枯山水や露地庭の趣向を組み入れた総合的庭園が定着し、諸国に広がってゆく。

時代が明治になると、我が国本来の暗示する方法から、自然を利用するとともに自然の景観を実現しようとする方法への転換が主流となり、生活環境としての快適さが問題にされるようになる。

我我の先祖は、最初は自然の洞窟に住んでいたと想像されるが、やがて竪穴式住居に住むようになり、さらに土間住まいから堀立柱の床《ゆか》住まいが造成されるようになると、生活のためのものであった住まいの前の広場が、貴族・豪族の住居で趣味鑑賞のための庭園となってゆき、江戸時代になって民家が貴族や寺の庭園を参考にして趣味鑑賞のための庭を造るようになってゆく。

飛鳥氏は周りを眺め終わると腰を下ろし、やがて、

「承知」と言った。

「すぐにという訳にはゆきませんが」

彼は驚いた。

飛鳥氏はどういう住まい、どういう庭を考えているのだろうか。聞いても答えそうにない。ただじっと腰を下ろしたままである。

六の3

夜はまた、源太郎の書庫に這入った。その奥の壁に寄せた本棚は、源太郎に近付く唯一の道である。地球に続く本は上から二段目になっていたが、順次引き出してゆくと、罫紙様《よう》の紙が

挟まれていたのは「生命」に関する本で、その「起源」に関わるものが主体であった。


生命とは何か。

「自己維持のための物質代謝」と「自己の複製増殖」の二つの機能を持っていることである。

地球に生物が住めるようになったのはいつごろからのことなのか。

地球の表面は、初め熱いドロドロしたマグマであったが、いまから四〇億年ほど前には、冷えて大陸と海ができていた。

地球に生物が生まれたのはいつごろのことなのか。

生物の化石が発見されることがあり、その岩石中に含まれる放射性元素の測定から地層の年代を推定する方法が開発され、現在最古とされるオーストラリア西部の町の堆積層の赤い色をした微小な化石はいまから三五億年前のものとされ、すでに生物は発生していたと考えられる。

(三八億年前のものとされるグリーンランドの地層で発見された濃縮炭素はより古い生命

の痕跡だとする主張もある）

生命は自然に発生するか。

十九世紀になって、永い間信じられてきた「生命は自然に発生する」という考えが実験によって否定され、「生物は生物からしか生まれない」と考えられるようになってきた。

では、生命は最初どのようにして発生したのか。

古来、無機物から有機物を作ることは不可能とされてきたが、十九世紀にそれが一部可能であることが分かり、二十世紀の初め、「無機物から簡単な有機物ができ、その簡単な有機物同士が結合して複雑な有機物ができ、その集まりから生命が誕生した」とする考えが出てきた。

その後、すでに生命が生まれていたとされる三五億年前の地球を取り巻いていた原始大気――火山活動などによって地球内部から放出されたガスを想定して、メタン・アンモニア・水素・水蒸気の混合気体に放電してエネルギーを与えるとアミノ酸などの生体物質ができることが明らかになった。

この原始大気の組成は修正されてきているが、その組成要素から、雷の他に紫外線などのエネルギーによりアミノ酸などの生成が可能であることが分かってきた。

今日では、生命の構成要素である蛋白質とＤＮＡ（核酸）などの複雑な有機化合物が人工的に合成できるようになってきた。

蛋白質は体の主要な構成要素であるとともに主要な生命活動に関わる物質であり、核酸は自己増殖・必要蛋白質生成の指示や遺伝を司っている。

原始的には無生物的に合成され易い、生命活動を促進すると同時に遺伝情報を持つＲＮＡ（核酸）ができ、蛋白質や安定性のあるＤＮＡを作りだしたと考えられているが、ＲＮＡは複雑過ぎ、蛋白質が先だという説もある。

（結局、核酸ＤＮＡの持っている情報を、核酸ＲＮＡが核外に伝達する働きをしているのである。）

また、蛋白質や核酸などの分子が働くための容れものが必要である。これが細胞であり、一九世紀初めに発見された生命の最小位である。細胞の中の核の中に核酸があり、必要な物質だけを透過する蛋白質と脂質から成る細胞膜に包まれている。

生命はどこで発生したのか。

大気中で生成したアミノ酸は、成層圏にオゾン層がないので太陽の紫外線や宇宙線のため地上では生存できず、海に蓄積されていった。原始生物は高温を好むので、三〇〇度以上の熱水——水圧で高温でも沸騰しない——を吹き出す海底の吹出し口などが考えられるという。

生物体と海の元素組成が似ていることも生物が海で発生したと考える一つの証拠とされているが、同じく両者の比較から海よりも陸上の温泉地帯が有力という説もある。

一方では、生物の構成単位である細胞の構成がほとんどすべての生物に共通であることを始めとして、すべての生物が多くの点で生化学的に一様性をもっているということは、生物があちこちで発生したのではなく、共通の祖先から派生したということを示している。

現在、生命は、原始大気から宇宙線などのエネルギーにより生成したアミノ酸が海に沈殿して成長したものと隕石などによって持ち込まれたものを素材として、海で発生したと考えるのが通説である。

最後の問題は、条件を同じにすれば、人間が生命を発生させることができるのかという点である。

いま、新聞などの情報によれば、実験室で、人工細胞を作り生命の神秘に迫ろうとする研究もなされているという。

生命の起源までくれば、次は「人類」であろう。ここまで源太郎の思考の道順に沿っていることは間違いないと思われるが、核心ははたしてどこにあるのか、まだ彼には見当が付かなかった。

七の1

加護家の若干の補修に必要な部品が調達できたので、朝一番に彼はメイを連れて加護家に向かった。

加護氏の木彫の狐を見せようと思ってメイを連れて来たのだが、加護氏は出掛けていて留守だった。

簡単な補修を終えると、たまたま家に居合わせた友が手作りの釣合人形の弥次郎兵衛や回り灯籠を持ち出してきた。友は最近絡繰《からく》に凝っていて、珍しい客のメイに見せたくなったのであろう。

そして、「お茶を入れましょう」と言って、一体の背丈三〇センチ足らずの着飾った人形をテーブルに立たせ、茶を入れた茶碗をメイの前まで運ばせ、飲み終わると茶碗を取り下げさせた。

「これはどういう仕組みでこういう動きをするのですか」

と言ってメイは目を光らせ、友が、「これは茶運人形《ちゃくみ》といって、発条《ぜんまい》を動力にして歯車などで運動を伝達・制御するように仕組んである玩具《おもちゃ》です」と言いながら、人形の袴の紐を解き着物を脱がせて中の仕組みを見せると、熱心に中を覗き込んでいた。

発条の横に大きな歯車がありその横下に少し小さい歯車がもう一つあり、その他が木枠に細《こま》細《ごま》と組み立てられていた。

友は説明する。

「人間が必要な距離を設定し発条を巻き、茶を入れた茶碗を人形の持っている茶托に載せると、
→人形が、客の方に歩き出し、客の前まで来て頭を下げて礼をする。客が茶碗を取り、茶を飲み終わって空になった茶碗を茶托に戻すと、
→人形が、茶碗の重さに反応して半回転して元の方に向き直り歩き出す、という仕組みです」

「このような絡繰人形には、他に、階段を後ろ向きに回転しながら降りる段返り人形や、特定の文字を書く人形もあります」

「このような絡繰は、室町時代に入って来た機械時計に影響されて、江戸時代になって大いに発展したのです」

「からくりという言葉としてはこの時代より前の例はないようですが、仕組みとしては、古代の例として常に南を指《さ》す人形を乗せた車を造らせたという記事があるそうです。中国では日本よりもっと古いむかしから造られていたらしいです。磁石を利用したのでしょうかね。これなどは絡繰人形の古い例です」

「現在の御存じロボットは、この絡繰人形の延長線上にあると言えます」

興味に任せてしばらくいたが、帰りの車に乗って、ふと横を見ると、メイは彼が傍にいることを忘れ、何か知れぬ瞑想の中に落ち込んでゆくように見えた。

七の２

彼は、棟梁の菅原氏の、建物から庭まですべてを一任するというのが気になっていた。庭はさておき、建物の建築をなぜ自分の方でしないのだろうか。「古民家風」という意向を指示してこちらの工務店に依頼するのはなぜだろう。やはり何か謎をかけてきたのではなかろうか。

事務所に帰っていた会社の大工の「でく」さんに伝えると、ひごろの菅原氏を知っていて、たちどころに、

「道具でしょう」と言った。「でく」というのは「でえく（大工）」の中を抜いたもので、「でく」は「木偶《でく》」に通ずると修行の未熟を自戒して自ら名告《なの》るので会社では通称になっていたが、木造家屋の建築には精通していて、釘を一本も使わずに家を建てることもできた。

日本建築といへば木造である。木造といえば主役は大工である。大工にとって道具は命である。源衛門は早くから大工道具に注目していて、機会あるごとに展示会などに出掛けて行って注目されるものを仕入れ、用途別、推定される時代別に整理して説明を加えた展示はちょっとした道具館をなしていた。

我が国では、古い時代から、打ち割って柱などを製造したので裂け易い杉・檜などの針葉樹が多く用いられ、樹木の伐採から製材まで、斧や、柄の先端を鍬形に曲げた手斧《ちような》で加工され、長い柄の先に尖《とが》った金具を取り付けた槍鉋——単に鉋と呼ばれた——で仕上げる。それが江戸時代の半《なか》ば過ぎまで続いた。

縦挽の鋸は、室町時代に、二人挽きの細長い大型鋸の大鋸《おが》が輸入され、さらに江戸時代になると幅の広い前挽鋸《まえびき》が輸入されて普及し、大鋸を使って山地で木こりが木を伐採し、里で木挽きが前挽鋸で製材するという分業が成立した。

大鋸と前挽鋸が出現すると、鋸の挽き肌を滑らかに仕上げる必要から、替刃を取り付けた木製の台の両側に握り棒の突き出た突鉋《つきがんな》といわれるものが輸入され、両側の棒を握って推して削るのだが、やがて引く方式に変わり、今日の台鉋が鉋とよばれるようになった。

鉋は用途に応じて種類も多く、凹んだ面を丸く削るものもある。

普通の横挽の鋸は、奈良時代から平安時代の全半にかけて木の葉を縦に半分に切り、丸い方に歯を付けた先の尖った形のものとなり、万能に近いが、直線の歯を持つようになったのは江戸時代の半《なか》ば過ぎとされる。

鑿《のみ》は種類がとくに多く両刃から片刃に変わったことも注目されるが、主として鑿の叩き込みに使う玄翁《げんのう》、腕木を上下させると紐が巻き付き解《ほど》けして軸が回り穴の開く舞錐、円を描く規（ぶんまわし）、長枝の裏目の寸法が表の寸法の二の平方根倍や円周率倍になっていて、物指と三角定規の役目以外に計算尺として利用でき、丸太から取れる角材の寸法を割り出すことから始めて木の接合部など部材の取り付けを工作する曲尺（まがりがね）、水平を見る水準（みずはかり）、墨付け以外に墨糸の先に付けて鉛直を見る下げ振りとしても使用されたこともあり、上棟式などの儀式にも使用された装飾を施した墨壺、そして各地の自然砥石が展示の最後である。

道具は消耗品であり鉄は錆び易いこともあって、古い道具類で原物の残っているのは少なく、この道具館にないものも多いが、同類で現在も製造され使用されているものもあり、古寺の修復に刀鍛冶が槍鉋を打ったこともあるという。

これらの道具を、文化財として指定の申告などをしていないから、実際に使用することは可能であった。

「でく」さんの言うところによれば、いまの台鉋で仕上げたものと違って、槍鉋で削った木の輪郭は軟らかく暖かい感じがする、穂先の鉄が古いほど鉄自体も軟らかくて和やかな感じを出し易いという。彼はいままで考えたこともなかったが、言われてみるそうかも知れない。菅原氏の狙いもその辺であろうか。しかも、大工の棟梁が他人《ひと》に大工道具を貸してくれとは言い難いということもあろう。それなら分からないこともないと彼は思った。

事務所を出ると母屋で笑い声が聞こえる。開いている戸口からメイの姿が見える。加護家から一緒に帰ってきたが、寮に入る途中呼び止められたのであろう。

屋内に入ると、メイは、「お歯黒の話を聞いていたの」と言って笑った。

みきは峠に近い山奥の農家の育ちであった。母親は明治の生まれで、鉄漿《かね》付けをしていて、笑うと口の中が真っ黒だったという。それがおかしくて笑ったらしい。なぜそんな話になったのか分からないが、メイがこのようにおかしそうに笑うのを見るのは初めてであった。

みきは少女を相手に楽しそうに話し掛けていた。

「牛もいました。田んぼを耕すためですが、一日の仕事を終えて家に帰るとき、やっと仕事から解放される喜びで、大きな体をゆすって、ほとんど駆け足で帰るのを見ると、おかしいやら気の毒やらで、笑わずにおられませんでした」

「牛は家族の一員で、大事にされていましたが、小学校五年生のとき、足を挫《くじ》いて歩けなくなって、その背中に乗って通学したんだけれど、平らな道や上り坂はともかく、急な下り坂などはころげ落ちそうで怖《こわ》かったことは、いまだに忘れられません」


メイの去った後、みきの目配《めくば》せで彼が残ると、みきは切りだした。「あの娘《こ》のことですけどね。あなたがおっしゃったように、確かに少しおかしい所がありますね。ときどきぼんやりする。突然何か物思いに取り憑かれるみたい。その取り憑く物思いが何か分からないけれど、あの娘は必死で戦っているのじゃないかしら。わたしには、そんなふうに見えるんです。いまのところ、自分では、どうしようもないみたいだけど、あんなに何でもできる娘だから、きっと何とか切り開く道を見付けるのじゃないかしら」


そして少し間を置いて言った。

「わたしたちとしては、ただ自分でどうするか、見守ってやるしかないと思います。それ以外に、何かできることがあるかしら」

みきの確信的な言い方に、彼も、メイのことについては、当分、やはりいまのまま見守るしかないだろうと考えた。

七の3

夜になった。源太郎の書庫は、次第に彼にとって親しいものになってきた。

奥の壁に寄せた本棚の生命の本に続いて罫紙様《よう》の紙が夾まれていたのは「進化」に関わるものであった。


生命の誕生をいまから三八億年前として、単細胞から出発した生命が、約五億四千万年前から約四億九千万年前までの、地質時代区分上カンブリア紀といわれる時期に急激に多様化し、それまで三門に分類される動物しか存在していなかったのに、突然爆発的に増加して現在と同じ三八門に分類される動物が出現したという。

カンブリア紀より前三千万年間の時期の軟体性動物の化石がオーストラリアで発見され、カンブリア紀になると貝殻や脊椎などの硬組織を持った動物が出現し、さらに眼を持つ動物の化石が見付かり、二十世紀の初頭、カナダの山地で二センチ足らずの節足動物の化石が発見された。

また、異種の生物で、外見は違っているが構造を対応させると起源が同じと見られる「相同」器官というものが存在する。たとえば獣の前肢と鳥の翼のような関係である。

以上の事実から、生物は世代を経るに従って次第に変化するということが明かになってきた。そして、体制がたいてい複雑化し高度化し多様な種を生じてゆくことが分かってきた。

（いままでに名前の付けられた生物だけでも一五〇万種、大きさも生活の仕方も多様である）

問題は、単純な単細胞がなぜ複雑で多様な動物になってゆくのか、そしてまた、三〇億年以上の年月を掛けて少しずつ多様化してきた生物が、なぜカンブリア紀の始めの一千万年の短い期間に突然爆発的に多様化したのかということである。

この点については、生物が変化するのは、生殖細胞がつくられるとき遺伝子の組換えということが起こり、子は完全に親と同じにはならないし兄弟姉妹でも少しずつ違っている、また、遺伝子の複製時に限らず外的な影響で間違いの起こる突然変異といわれる現象が往往にして発生して遺伝するものがあり、この遺伝する変異のうち環境により適応した有利な形質を持ったものが他より多く生き残り、その形質を子孫に残して広まってゆくという、自然淘汰と言われる現象が起こるためだと考えられている。

カンブリア紀の爆発的な多様化の原因については、地球環境の大規模な変動があったらしいとする説も有力という。

［**補註**］

近代進化論の基礎が打ち立てられてから一四〇年経ち、改良・修正意見が加えられている。遺伝する変異は偶然によるもので、環境に適応するとは限らないとする意見があり、その関連では種の別れた年代などを確率的に推定できるという。

カンブリア紀の爆発については、この時期以前の生物は化石になり難かっただけで、進化は少しずつ進行していて、爆発はなかったのではないかとする意見などもあるようだが、この時期に眼を持つ動物が現れたことも爆発を引き起こした重要な原因ではないかという新聞の科学記事を彼は見たことがある。

進化については、ヒマラヤの高地九〇〇〇メートルの上空を渡るガンの類は薄い空気から効率よく酸素を吸収する機能を持つようになったし、陸棲哺乳類であった鯨は海に入ると前肢が胸鰭《むなびれ》になったという。また、ヒトの系統は魚類から両生類へ、両生類から爬虫類へ、爬虫類から哺乳類へと発展し、その人類の直接の先祖の誕生はアフリカ大陸であるらしいということを彼は知っていた。

八の1

昨日事務所で、あすの休みに天体観測所に行ってみないかと声を掛けたが、みな一度は行ったことがあり興味のない顔をしているので、結局彼はメイを連れて出掛けることにした。

車で三十分ほどの小高い丘の上の観測所に着いたのは開館九時の五分過ぎで、親に連れられた小学生や数人がすでに見学に来ていた。


この観測所には口径四五センチの反射式望遠鏡がある程度で大きな観測所ではなかったが、彼が子供のとき、輝く丸い月が二〇〇倍余りに拡大されてクレーターだらけなのに驚かされたものだった。

壁面に掲示された天体や宇宙探査機の写真、ガラスケースのむかしの天球儀や経度緯度の測量器具などをざっと見て回ると、彼は事務室の窓の向こうで机に向かっていた人物に、宇宙論に根本的な変化が起こっているかどうか気になっていたので持ってきた源太郎の書いたメモを見せて、「これはわたしの子供のころに書かれたものですが、それ以後何か新しいことが分かっていますか」と話し掛けた。

彼の話し掛けた人物は三十を少少越していると思われる青年で、事務員ではなくこの観測所に配属されていた天文の研究者であった。青年はメモをざっと見て、まるで質問を待っていたかのように言った。

「どうぞこちらへお這入り下さい。そちらのお嬢さんもどうぞ」とメイも招き入れた。

青年は、

「われわれの住んでいる世界は、三次元の空間と一次元の時間で成り立っていますが、一九九〇年代になって、さらに余剰空間を加えて、宇宙は一〇次元もしくは一一次元であるとする理論が活発に論議されるようになってきました。われわれの三次元の宇宙は、この、高次元の宇宙に浮かぶ膜のような存在であるというのです。ブレーン宇宙論と言います。これはまだ未完成な理論ですがもしかしたら究極の理論であるかも知れません」と言って唾を飲んだ。

「しかしそれはそれとして、このメモにダークマターのことが書かれていますね、その話から始めましょう。いまから半世紀ほど前、銀河の中心を離れるほど重力の影響が弱くなり、外側の星の方が中心付近の星より回転速度が遅くなるはずなのに、外に向かってむしろ速く回転する銀河もあることを発見した研究者がいて、これは、そこに星以外の何か目に見えないものがなければ説明できないと考えたのです。そしてこれは、渦巻き銀河だけではなく、その他の銀河や銀河団をも取り囲むように存在していることが分かってきたのです」と言葉を続けた。

銀河は各方向に動いていて、銀河の中の物質の重力だけだと銀河団を飛び出してばらばらになってしまうはずだけれども、それがばらばらにならないで銀河団の中でまとまったままでいるのも、このダークマターの重力の働きによるのである。

そもそも宇宙の初期段階のとき、正体不明のこの重力によって原子からなる物質が引き寄せられ、星から銀河、銀河から宇宙の大規模構造までが形成されていったと考えられる。

ところで二十年ほど前さらに大発見がもたらされた。宇宙の膨張ということであるが、遠くにある超新星爆発、すなわち巨大質量の恒星が最後に起こす爆発の観測によって宇宙の膨張が加速していることが分かってきた。膨張していることは百年ほど前に発見されていたが、等速で膨張するか減速してゆくと考えられていた膨張が加速していることが分かったのである。これは大発見で、新聞にも大大的に報道され出ていたけれども、加速しているということはそこに力が加わっているということであり、しかもその力は、重力の引き付ける力つまり引力とは反対に、反発させる力つまり斥力であり、おまけに重力とは違って膨張しても薄まらないで増えてゆき同じ密度を保ち続けるので、空間そのものがエネルギーを持っていると考えられ、ダークエネルギーと呼ばれている。

しかも、宇宙を構成するエネルギーは、星や人間などの普通の物質は全体の約５％に過ぎないが、ダークマターは約27％、残り約68％がダークエネルギーと推定されており、この不明なものの正体が解明される日も近いのではないか。主鏡は単一鏡としては世界最大級８．２メートル口径に超広視野主焦点カメラを装備した国立天文台「すばる望遠鏡」に加え、集光力１３倍・解像度４倍の、主鏡が４９２枚の分割鏡で構成される口径30メートルの超大型望遠鏡の建設も始まり……。

青年の言葉がなかなか終わりそうになかったし、宇宙の将来を決定することになるらしいダークエネルギーの解明に期待して、適当な切れ目に、「どうもどうも」と言って彼は立ち上がり、メイを促して事務室を出た。

観測所の入口を出て、ふと彼は足下の定礎と記された石柱に並んで、協賛者と記された石板が立てられているのに気付いた。この観測所を設立するのに協力した人たちであろうが、その中に源太郎の名前があった。

彼は予想もしなかったことに驚いて急いで事務室に引き返した。しかしこれは不思議なことではなかった。源太郎は思考を宇宙の始めから組み立て直そうとしたのであろうから、天体観測に関心を抱くのは自然なことでもある。とすればこの観測所が何らかの繋がりを持っているかも知れないと思われたが、事務担当の中年の男性によれば、建設当初からの人はだれもいない、ここでは十年も経てばみな入れ替わるという。協賛者というのは、地元の有力者でたぶんこの観測所の設立に資金面などで協力した人なのであろうという。念のためにと古い記録――事務室の隅の棚の書類の束を持ち出してきたが、協賛者として石板に記された人の一覧があるだけであったが、源太郎が生活していた匂いが辺りに漂っているのを彼は感じた。

八の2

観測所の丘の麓には自動販売機の置かれた一郭があったので、彼は二人分のコーヒーを購入してテント屋根の下のベンチに腰掛けた。広広とした緩い芝生の斜面の見晴らしはよく生温《なまぬる》い微風《かぜ》が吹いていた。

ふと彼は、隣に座っているメイの様子の異変を感じ、座り直した。永い沈黙の後、はたしてメイは、

「人がそこにいて、何かをしている、ということに、どんな意味があるのでしょう」と呟くように言った。

そして、しばらくして、

「意味という言葉を、人はどうして思い付いたのでしょうか」と言った。

やはりそういうことだったのだ、と彼はどこか思い当たる気がした。この一週間ほどのあいだにときどき見せた放心とも物思いとも見える奇妙な状態は、人というものに上手《うま》く馴染《なじ》めないということの表れだったのであろうと彼は思った。

振り返ってみると、最初にメイが放心状態に陥ったのは、地下倉庫のある新築洋式住宅の工事現場で、彼が建築主《たてぬし》と話していたときであった。初めてのことだったので鮮明に記憶しているが、そのときメイは、建築主の満足そうな様子が、突然、哀れで虚《むな》しいものに感じられたのであろう。

同じ日、息子のための増築工事の隣座敷で、塗絵に熱中する女の子と指示する母娘《おやこ》の充ち足りた姿が、もの悲しく空《うつ》ろに見えたのであろう。

その後たびたびメイの物思いに沈んでゆく様子を彼は目にしたが、人が何かをしている、そしてそこに自分が居る、そういうすべてがメイには侘びしく空虚《むな》しかったのであろうと彼は思った。

メイがどういう経路を歴《へ》てこういうことになったのか詳しいことは分からないが、みきが言うように、メイが自分でいまここにいることに確かな充足感を抱くようになるまで、傍で見ているしかないであろうと彼は感じた。そしてこれは、必ずしも彼のしなければならない仕事ではなかったが、これまでの経緯《いきさつ》からみて逃れる術《すべ》がないと彼は観念した。

彼は一言も口を出さないでじっとしていたが、

「こんなことは、口に出すべきではなかったんですけど」とメイが言ったとき、彼はメイの物の感じ方を完全に理解したと思った。そして彼が、「そうだね」と応えるともなく言ったとき、彼がメイを完全に理解したことをメイもまた理解したようであった。

八の3

夜が来て、彼は源太郎の書庫に入った。かつてこの部屋の主がそうしていたであろうこの場所で、その主の思考の跡を辿っているという巡り合わせは不思議な感じでもあった。

いままで通り本棚を辿ってみると、生物の「進化」に続いているのは「人類」についてであったが、「人類」についての本には予想に反して最後までメモは見当たらない。それだけではない、「人類」についての本に続くのは「文明」に関する本であったが、「文明」に関する本にもメモはなかなか見当たらない。そして、注意深くページを繰ってゆくと、「文明」に関する最後の本――この本棚の最後の本――の裏表紙の内側に、一筆箋が挟まれていて、

すべて成就し、
すべて現前している。

と書かれていた。

これはどういうことであろうか。


そもそも源太郎がこのメモを始めたのは、自分がいまここにいるのは宇宙の始まりからどういう経緯を経てきた結果なのかを確認するためだったのではなかろうか。

そして、「進化」という原則が明かになると、その先の「人類」に至る過程、その紡ぎ出す「文明」については自明のことと考えてメモしなかったのであろうか。

この推察はたぶん間違ってはいないと思われる。

そうだとすれば、考察を終わった感想の、「すべて成就し、すべて現前している」というのは、そのまま解釈すれば「すべての考察は成し遂げ、結果はすべて目の前に書き残してある」ということであろう。


しかし、こんなことをわざわざ書くだろうか。

どこか腑に落ちない気がする。

しばらく思案していたが、彼はふと窓際の書き物机の棚の木彫の達磨に目を留めた。この書庫の唯一の飾り物で、いつごろからここに置かれるようになったのか分からないが、とりあえず源太郎の部屋に戻り事典類の中から仏教事典を引き出して「達磨」の項を開いてみた。

達磨は、六世紀始めごろの南インドの王子で、中国に渡り嵩山《すうざん》の少林寺で九年間の面壁座禅で目的を達したが、そのとき手足は腐ってなくなっていた、その他多くの伝説の主である。また、人物の「達磨」の前に言葉としての「ダルマ」という項目があったが、「ダルマ」という言葉は結局は「道理」ということを意味するようである。

だが、彼の知る範囲では、源太郎が特定の宗教に関わりがあったとは思われないし、唯一の飾り物が達磨であったとしても、そこに特別な意味はないのではなかろうかと考えながらまた書庫に戻った。

そうしているうちに、突然彼は加護氏のことを思い出した。

彫るのは狐が多いとしても、書庫の唯一の飾り物である木彫という点で何らかの繋《つな》がりがあるかも知れない。源太郎は材木商であり材木商が木彫に係わっても不思議ではない。たぶん加護氏は源太郎とは係わりがないであろうし、木彫ということからこの文の意図を理解するための何らかの手掛かりはおそらく得られないであろうが、源太郎を理解するための途《みち》はどんな些細なものでも放棄する訳にはゆかないと考えた。

そして、源太郎とは何者だったのかという最初の出発点に立たされることになったという思いと同時に、時間が経つにつれて、彼の心の中に源太郎に対する激しい追慕の情が込み上げてきた。

第二章　メイからの手紙

一の1

桐林一法というのは華道家である。行雲と号し、若くして著名流派の家元代理を務めたが、故《ゆえ》あって宗家《そうけ》を離れ、一介の市井人《しせいじん》として独り住まいをしている。

行雲を紹介したのは棟梁の菅原氏である。

これから世に出ようとしている少女に、できるだけ広い世間を見せ、できるだけ多く各界の人物に逢わせてやりたい、それには顔も広く趣味も豊かな棟梁に当面斡旋をお願いしたいという趣旨を伝えておいて、彼はメイを連れて菅原氏を訪ねた。菅原氏は中庭に下りていて、折から咲いていた白い小さな壺状のあしびの花房を切り取って床の間の竹の花筒に無造作に挿し、二人を座敷に招じ入れた。

まず、依頼された住まいについての彼の考えを述べると、菅原氏はにやりと笑った。その心中は想像した通りだったのであろう、話はすぐ終わった。

そして、

「稽古事から始めてはどうかね。まずは生け花がよろしいのでは？」と言った。

メイはどう思ったかそれとなく顔色を窺うと、別に異議はなさそうなので、「女の子をひとり紹介します。よんどころない頼まれびとなのでよろしく」と書かれた菅原氏の名刺を受け取った。

三千を越すと言われる華道の流派の中で菅原氏が昵懇にしている人物も多いが、行雲は幼《おさな》馴染《なじみ》で、なかなか味のある人物であるという。菅原氏の語るところによれば、「一法」というのは父親が好みで付けたものだが、自らは「行雲流水」すなわち物事にこだわらないことを志しているという。

一の2

午後、彼はメイを伴って行雲邸を訪れた。

行雲は穏やかな親しみ安い人物であった。依頼されれば花を生けるが取り立てて人に教えるようなことはせず、毎日のように出入りしているのはメイとほとんど同年配の姉妹だけである。

姉妹は近くの農家の育ちで、野菜畑の一郭を花畑にしてもらったが、花を生けるだけではなく、花畑を造って、年中花が絶えないようにすることに熱中していて、最近は花を生ける道具や花瓶にも関心を持ちだして窯元《かまもと》通いを始めたらしい。

話しているうちに足音がしてメイと同じごろの女の子が二人部屋に入ってきてにわかに賑やかな雰囲気になってきた。行雲が双生児《ふたご》でよく似ていると言った通り区別の付けようのない顔立ちで、他人《ひと》から見分けられるようにわざと髪の毛を濃淡茶色に染め分けているという。

「このひとは当宅《うち》で生け花の勉強をなさるそうだ」と行雲が言うと、「キャー」と喜びの声を上げて、二人ほとんど同時に自分自身を指差して「わたし、はるか」、「わたし、さやか」と言った。

やがて、二人の花畑を見に行くことになった。

そこは野菜畑一反《たん》を花畑にしたもので、かなり広く、端に長方形の水槽が設置してあり、切込みのある差し渡し三センチほどの丸い若葉を数枚出している丸鉢が沈めてあった。

「温帯睡蓮よ」と濃い方の茶髪のはるかが言うと、「買ったときに付いていた蕾は咲いたけどそれからは咲きません」とすぐさやかが言って、「でもいろいろ調べたので、今年は必ず咲かせてみせます」と言った。

そして、花を咲かせるための工夫をこもごも話し始めた。

午前中の日当たりが大切。葉が茂り過ぎると根元に日が射さないから花芽が出ない、枯れ葉はもちろん茂った葉は間引く。

肥料は少量にする。肥料が多いと葉だけが茂る、とくに冬場は肥料をやらない。

毎年三月には必ず植え替える。

話を聞いていて、姉妹の花を咲かせることに対する決意のようなものを感じて彼は驚いた。

畑の中央に低花木の、黄梅、沈丁花、雪柳、梔子、紫陽花それに蝋梅など、常緑と落葉入れ交ぜて植えてあり、周りに開花する季節に応じて順に配列された種種の草花を植え、各各の草木の根元に名札が立てられていて、いま紅紫色の花が下向きに咲いている「かたくり」には、

かたくり（片栗）　ゆり科　古名「かたかご」
もののふの八十《やそ》をとめらが汲みまがふ寺井の上の堅香子《かたかご》の花
大伴家持
（物部乃《もののふの》　八十孃嬬等之《やそをとめらが》　汲乱《くみまがふ》　寺井之於乃《てらゐのうへの》　堅香子之花《かたかごのはな》）

と記されている。

「七草もあります」とはるかが言うと「清少納言はいないけど紫式部――落葉低木　秋　紫色の実を付ける――はいます」とさやかが言い「酸漿《ほおずき》も植えるつもりよ」と言う。

畑の片隅に、どこから持ってきたのか枕木が数本積んであるのを見ると、この花畑はまだ未

完成で、単なる花畑ではなく、もっと畑を広くして体裁のよい小植物園として仕上げるつもりでいるらしい。

行雲邸を辞して事務所に帰る車の中で今後のメイの日課の話になり、自然に、午前中は簿記専門学校に通い、午後はとりあえず生け花を習うことになった。

二の1

次の日、入学の手続きのため、電車で二十五分ほどの簿記専門学校の門を叩いた。

この都会の簿記専門学校は全国に分校を持ち内容も充実していた。公認会計士・税理士コースはもちろんスポーツトレーナー・美容師から製菓コースまであり、各各就職先企業の斡旋までしているのに彼は簿記専門学校というものの認識を新たにしたが、受付前の待合室で熱心に案内書を読んでいたメイがやがて顔を上げたとき、彼はメイがやろうとすることをはっきり決定したことを知った。

メイが選んだのは情報経理コースの情報システム学科であった。何のシステムであるにせよ、システムエンジニアというのを将来の職業として選択した訳ではあるまいが、メイがパソコンのプログラムというものに興味を抱いたのは、如何にもありそうな選択に彼には思われた。

二の2

メイとは簿記専門学校で分かれた後、改築現場に業務連絡をしてから彼は加護氏宅を訪れた。持ってきた源太郎の木彫の達磨を見せると、加護氏はにわかに活気付いてきた。木彫の達磨のこともよく知っていて、

「達磨にも色色あるけれど、これはこれは独自の工夫を凝らしておられるようですね」と言った。

加護氏によると、普通達磨というと起き上がり小法師《こぼし》の達磨を思い浮かべるし、街で見掛ける達磨のほとんどがこの種のものだが、木彫達磨にも色色あって、曲彔《きょくろく》――背凭れと肘掛けを円く曲げた椅子――に座って座禅を組むものを始めとして、立像はもちろん、座って両手で

膝を抱えた像、横になって肘で頭を支えているもの、長髭達磨、横睨達磨、旅姿達磨などなど、達磨百態と言われるほどさまざまであるという。

源太郎の達磨は、仏の正座である結跏趺坐《けっかふざ》しているいる珍しいもので、しかも細かく念入りに彫ってあって、どこかのお寺か専門店で購入したものではなく、自分で彫られたのではないか。しかも、木は白檀《びゃくだん》である。白っぽくてやや香気が少ないが、白檀で仏像を彫るというのはたまたま在り合わせたのではなく、何か特別な思いがあったのではなかろうか。

そして、

「わたしが木彫に興味を持つようになったのは、仕事の巡り合わせで木彫職人さんと知り合いになったからで、そちらの工場に行ってごらんになれば、何か参考になることがあるかも知れません」

と言った。

二の３

彼が事務所に帰ったのは夜も遅くなってからで、だれもいなかったが、彼の机の上の文鎮に二枚重ねて四つに折られた便箋が置かれていた。

メイのものであった。


一法さん――女の子たちが師匠のことをそう呼ぶのでわたしもそう呼びます――は、最初わたしに、

「高所《こうしょ》に立って見るように」

とだけ言って、あとは自分でよいと思うことを自由にやりなさいと言われました。

わたしは許しを得て師匠の持っておられる書物を見る――師匠の書物は花の写真集など写真が多く読むというより見るという感じ――ことにしましたが、とりあえず手に取ったのは、Ａ４判の叢書『生け花Ⅰ』という本です。この本の口絵のカラー図版は大きな展示会場の情景を撮ったもので、作品に見入る人人、前の人の肩越しに覗き見る人人、そして

会場に入る連絡廊下の長い行列、行列に並びきれないではみだして佇む人達、横で談笑する着飾った女性達、その賑わいや華やかさを写し出していました。

続いて一つの壁面全体を構成する曲りくねった巨大な藤の木で特異な庭の樹木そのものを持ってきたというような作品です。

次のページは一転して床の間の敷板の上の銅の花瓶に生けられ枝を思い切り拡げた梅の古木です。

最後のページは長さも形も様様な永く陽《ひ》に曝《さら》されたような多数の細い木を組み合わせて造り上げられた奇妙な構築物です。

この口絵を見て、何に心を惹かれてこんなに大勢の人達が集まるのかは別として、この三種の作品を見ているうちに、自然に、「生け花とは何なのか」という問いが浮かんできました。

それからしばらく考えて、目次に目を通し、この本の内容に見当を付け、ゆっくり目を通しましたが、とりあえず今日はここで打ち切ります。

要点を押さえた書き方で、天体観測所以来、メイは明らかに彼に心の内面を開いてくるようであった。

三の1

彼は前から、コンピュータというものがどういう仕組みによって人間のしようとすることに対応しているのか知りたいと思っていたので、メイが簿記専門学校で情報システム学科を選んだのは幸いであった。

第一日目の今日は、彼も聴講することにした。

この講座の担当はまだ若い青年であったが、同時に入学した仲間三人が、当然のことながら事務処理用言語を身に付けることを目的としているのに、メイは、この学科の志望動機として彼と同様パソコンのプログラムに何ができるのか知りたいと書いたのに理解を示し、特別な学習計画を立ててくれた。

担当の青年は最初全員に対し、プログラムの概略の歴史について簡単に説明した。

人が道具で計算することを始めたのは古い。

紀元前にすでに天体の正確な運行を計算する天球儀が製作されており、その後も歯車の組み合わせによる計算機の製作がなされている。

十八世紀始めごろから利用されていた長い紙に穴を開けたパンチカードによってデザインを変える織機が十九世紀始めに完成し、そのパンチカードがプログラムの始まりとされ、同世紀半ばに情報の格納手段としても利用されるようになってデータベースの道が切り開かれた。

二十世紀初め電流を制御して増幅などする真空管が発明され、同世紀半ばに開発された最初の電子式自動計算機すなわちコンピュータは、真空管を約一万八千本使用し総重量は三十トンの巨大なものであった。

同世紀半ばに増幅・スイッチ作用などを行う半導体素子（半導体を利用した電子部品）トランジスターが発見発明され、さらにその超小型集積回路が開発され、コンピュータの発展すなわち高機能低価格化は驚異的で、現在の電卓は最初のコンピュータの性能を上回っているのである。

このコンピュータの進歩と歩調を合わせ、初期のプログラムは0と1で構成される機械語であったのが、二十世紀後半には人間にも理解し易い高水準言語の開発が進み、われわれの事務処理用言語もこのころ開発され、その後利用者に応じて多くの改良がなされている。

室内の展示などを見て簿記専門学校の一日目はこれで終わり、メイと別れた。

三の2

午後、加護氏の知りあいの木彫工場はそう遠くないので彼は車を走らせた。

工場というのは小さな町工場で、三人の職人がいて、主らしい中年の男が中学生らしい二人の男の子に何か工作を教えていた。

達磨を見せて用件を伝えると、主らしい男が、せっかく来られたのですから父に話してみましょうと達磨を受け取って奥へ入った。この男の父というのは工場は息子に任せて同年配の仲間と趣味の隠居生活をしているらしい。

しばらくして七十代と見える男が出て来てその場に腰掛けた。そして言う。

達磨を彫りたいと言って来る人は多いので、残念ながらこの達磨を彫られた方のことは覚えていません。

しかしこれは、自分の強い意志を確認するために、実に丹念に彫り上げられたものであることは、小刀に籠もる力からも分かります。どうしてこんな力の籠もった刻みをする人のことを覚えていないのか、もしかしたら工場《うち》でお世話した方ではないのかも知れませんね。

木彫達磨との繋がりは、とりあえず切れたことになるが、達磨との縁がまるできれた訳ではないと考えて、彼は引き揚げることにした。

三の3

事務所に帰ると、遅くなってだれもいなかったが、また彼の机の上の文鎮に、昨日と同じように二枚重ねて四つに折られた便箋が置かれていた。やはりメイからのものであった。


「生け花とは何なのか」。

これは昨日書きました。いまさらこんな問いを出すのは不自然な気もしますが、意外にも、大家《たいか》といわれる方も同じ問いを繰り返しなさるらしいのです、わたしと意味するところは違うかも知れませんが。

昨日見た展示会場の写真の生け花のほとんどは、普通「生け花」と聞いて思い浮かべるものとはどこか違っていて、生ける材料が見慣れたものでも、姿形が初めて見るような印象のものばかりです。一法さんの生けられた花の写真も見ました——なぜか近くには実際に生けられたものはありません。しかし、数少ないけれども一法さんの書かれたものを含めて考えてみると、次の四つの段階に分けられるようです。

花は美しいから、根から切り放して再び水によって生かすという古い時代からの在り方、神が乗り移る物（依代《よりしろ》）としての在り方、仏に供えて飾る供花《くげ》としての在り方をしている段階。

そこから座敷飾りとしての立花《たてはな》が成立したが、まだ宗教的な名残を留めている段階。

立花はやがて鑑賞される花として独立し、伝統的な型を形成してゆく段階。

そして型からの自由を求めて多くの流派が現れる段階。

こうしてみると、どの段階にも興味がありますが、一番面白そうなのは第二の段階から第三の段階への移り変わりのようです。

女の子たちが明日花瓶の窯元へ行くと言っているので、わたしも行ってみます。

四の1

メイが簿記専門学校の情報システム学科に入学したのを機に、同行していた彼が最初に手にしたのは、コンピュータの概略の仕組みについての啓蒙書であった。

それは初歩的なものではあったが、彼の知りたいと思っていた最低限の知識を満足させるのには十分であった。

最初のトランジスタは大体1センチ角の半導体から1センチほどの3本の細い足の出たものであったが、主としてシリコン半導体の基板上にプリントされた集積回路として急速に小型化して億単位の集積が可能となり、複雑な機能を果たすようになっているという。

＊　トランジスタは電流を流す2端子に加えて、それをコントロールする3本目の端子を持っている部品である。

このコンピュータの進歩と歩調を合わせ、初期のプログラムは0と1で構成される機械語であったのが、二十世紀後半には人間にも理解し易い高水準言語の開発が進み、われわれの事務処理用言語もこのころ開発され、その後利用者に応じて多くの改良がなされている。

＊　電気は「ｏｆｆ」か「ｏｎ」の2種であるから、数字に置き換え0か1の二進数の機械語が便利である。

彼の知りたいことは具体的なプログラムではなかったから、彼の知りたいと思っていた基本的な方向は理解できたと思った。

四の2

午後は予定通りメイは女の子たちと共に窯元に行くことになり、彼も工事現場へ行く前に寄り道してみた。

窯というのは、一般的には素材を外気から絶縁して加熱し、焼いたり乾燥させたりする装置であり、各地に存在するが、陶芸では、粘土で形を作り乾燥させ、窯に入れて焼く。ほとんどの場合高温で、粘土の練り方、組み合わせ、窯の温度、使用した釉薬《ゆうやく》――うわぐすりに仕上がりは左右される。現在は温度調節の便利さから電気で制御される窯が多くなっているという。

陶磁器の窯元は全国各地にあるが、この辺の窯元は歴史が古く、近くの丘陵に産出する良質の陶土を利用しての製作は記紀にも伝承されるところがあり、その後戦国大名の奨励によって定着したらしい。

女の子たちの行くことにした窯元は、教室を開いたり宣伝したりしないので知る人は少ないが、行雲の知り合いで、その言うところによれば、この窯元は口数は少ないが、陶芸に関してはきわめて深い知識を持っていて、むかし風の窖窯《あながま》で焼き続けるのにはそれなりの理由《わけ》があるのだろうという。訪れたその工房は通路を除いて赤松の割木が堆《うずたか》く積み上げられていた。

女の子たちの作っているのは、各各素焼きの小型長瓶一点で、電気ろくろは慣れないので手回しろくろで作ったという。それでも作り上げるまでの、粘土を練り、形を作り、半日陰で約一週間ほど乾燥し、窯で約8時間掛けた素焼きの工程を得意になって説明し、これから絵付けをし、本焼きをするという。

壁には、高さの違う棚が二段に取り付けられていて、絵付けをして窯焼きの終わった花瓶、別の棚に素焼きの終わった段階のものが載せられていて、女の子たちの説明によると、花瓶の形の違いは使用する目的の違いによるのだという。

それにしても、この辺の窯は大名の奨励によって茶陶として名をなすようになったので、ガラス棚に並べられている焼き物はほとんど茶碗であった。

彼はしばらくして窯元を離れ建築現場に向かった。

四の3

仕事を終えて事務所に帰り机を見ると、期待通り二枚重ねのメイの便箋が置いてあった。

窯元はとても興味のあるものでしたが、わたしが茶碗に関心があるのを見て、窯元の主人が部屋に呼び入れて、有名な茶碗の写真集を見せてくれました。写真集には国宝もありました。

わたしはガラス棚に並べられている大量の茶碗を見て、どうしてこんなに似たようなものをたくさん造るのか尋ねてみましたが、笑って応《こた》えはありませんでした。

しかし、窯元の主人は、わたしが茶碗のどこを見ればよいのか知りたいと思っているのを知って、黙って一冊の本を持ち出してきました。

その本にはいろいろ面白いことが書いてありました。

とくに意外だったのは、第一級の作品とされる茶碗の仕上げが荒削りであると指摘されている点です。

たとえば「ろくろ目」です。ろくろ──回転台──で押さえる指の力でまだ軟らかい茶碗に凹凸ができる。高級な陶磁器ではこれをへらで削ったり水で濡らした布で滑らかに均《なら》すのが普通なのにできた凹凸のままにしておく。これをろくろ目というそうです。

それに、聞き慣れない言葉ですが茶碗の高台《こうだい》周辺の梅華皮《かいらぎ》です。これは、滑り止めのため刀の柄《つか》に巻く鮫《さめ》かえいの皮のような釉薬の縮れのことで、失敗作のように見えるのがなくてならないものとして尊重されるらしいのです。

その他、底を軽くするための高台内の土の切り取り跡の突起──兜巾《ときん》──とか、初めて聞くお茶を好む人の拘《こだわ》りのようなものはとても面白いものでした。

わたしの茶碗に対する関心が予想外だったのか、窯元の主人は、茶室をご覧になってはどうですか、と言って、取引のある人を紹介してくれました。
あす、この人の茶室を見せてもらいに行きます。

五の1

彼は簿記学校に来て、コンピュータのプログラムの輪郭を知ろうと考えたのだが、行動を共にしているうちに、メイの目指すところはプログラムの技術ではなく、技術の限界を見極めたいということであることが分かってきた。それは人工知能の限界ということでもあった。

メイは結局次のようなことを言っている。

コンピュータは人間が造り出したものではあるけれども、その計算能力は人間の力を遥かに超えている。いつのことになるかは分からないけれども、コンピュータが人間のように感情を持ち、人間のように価値判断をし、人間のように自分の言葉を話すようになるだろうか。それはつまり、人間が生命を創り出すということであり、それが遠い未来には実現するのかしないのかということを原理として知りたい。

いつからこんなことを考えるようになったのか自分でもよく分からないけれども知りたいのです。人はこれをどう考えているのでしょうか。

これには彼は黙って聞くでけで、対応の仕様がない思いであった。

五の2

窯元の紹介した茶室は、彼が子供のころ源太郎に連れられて一度来たことがあったが、久し振りの茶室に彼もメイに同行することにした。

飛び石伝いの庭の一角の草庵風独立家屋の小さな出入り口は、躙《にじ》り口ということを後で知ったが、子供心に受けた強い印象を彼は忘れることができない。

主人は暫く留守なのでお茶の接待はできないが、部屋を見るだけだということなので、と家人は挨拶した。

茶道口と言われる入口から入って見回すと、急用でもあって出掛けたのか、花瓶もない床の間の一幅の古くなった書だけが目に付いた。

色即是空　空即是色 印

とある。

これは有名な仏教経典の漢訳で、人口に膾炙《かいしゃ》しているので彼も承知していたが、付《つい》にして初めて真意が理解される体《てい》のものであると聞いたことがあり、主人はその辺のことをどう考えて軸にしたのだろうか。

その意図は量《はか》り兼ねたが、それはとりあえず措《お》くとして、書に必要な筆・墨・紙のうち、紙の製造工場は近くにあり、筆と墨を製造する有名店はあるがどちらも車で一時間ほど掛かるので、今日は製紙工場を見学することにした。

この地方の紙の製造は古く、大陸からの製紙技法が伝来し、8世紀末の平安遷都後、彼らの住む町から南の山間部で和紙の製造が盛んになったと伝えられている。

この地方手漉き和紙の製造には48の工程があると言われるが、その代表的な作業は以下の通りである。

1　刈り取った楮の原木を蒸して剥《は》ぎ易くし黒皮を剥ぐ。
2　黒皮・青皮を削り白皮のみにする。
3　白皮を清流に晒して水洗いし、天日で漂白し、傷を取り除く。
4　不純物除去と繊維を柔らかくするために木灰を入れて煮る。
5　木灰を水で洗い流す。
6　繊維を解《と》きほぐし、柔らかく腰のあるものにするために堅木で叩く。

(叩き潰されたものが紙の原液)

7　紙漉《す》き——流し漉き

漉舟《すきふね》に水を張り、紙の原液とネリを入れて掻き混ぜ、漉桁《すきけた》に汲み入れ、全体を縦横に揺り動かして漉いてゆき、漉簀《すきす》に一枚の紙が漉き上がったら下桁ごと簀《す》を持ち上げて水を切り、紙床《しと》に重ねて伏せ、簀を捲《めく》って外す。

(注) ネリ　トロロアオイなどの根を潰《つぶ》して出てくる植物性粘液
(水中で一本一本の繊維を包んで絡み合わないで分散させるとともに、漉き上がった湿紙を積み重ねても接着しないようにする添加剤)
漉桁　漉簀を嵌《は》める桁
漉簀　竹籤《ひご》を絹糸で編んだ簾様《すだれよう》のもの
紙床　漉き上がった紙を重ねたもの

8　湿った紙を自然に水切りした後圧搾して脱水する。

9　紙を板張りし乾燥させる。

語呂合せで「紙は寒漉き」というが、気温が高くなるとネリは腐り易く作用も働かなくなるので、製紙仕事は12月に原木を刈込み翌年5月に終わる。見学者のための今年最後の実習申込みは、天候にも左右されるので一応十日間として今日が最後ということであったが、豊富な写真の掲示と設備・用具の展示があったので、実習はせずに切り上げることにした。

五の3

家に帰って、とりあえず横になると、源太郎の最後の言葉が思い出されてきた。

すべて成就し、
すべて現前している。

これは、これまでの経緯を考ると、「考察は終わり結果は書き残してある」ということになると考えられるが、宇宙の始まりから自分がいまここにいることまでの経緯が確認できれば、「世界のすべての存在はどういう在り方をしているのか、という問に行き着き、

「世界のすべては完成し目の前に現れ出ている」

ということになる。

はたしてこれが源太郎の思考の到達点だったのだろうか。

彼は起き上がった。すると、源太郎への思いとは別に、メイのことを思い出し、茶室と製紙工場を見た感想を聞きたくなった。

六の1

簿記専門学校は臨時休校だったので、今日は朝からメイを連れて彼は北へ向かい、県内最大の都会である旧市内へ車を走らせ、国内有数の製筆工房を訪れた。

豊富な写真の掲示と設備・用具の展示は和紙の製造工場と同様で、その工程は理解し易く展覧されていた。

工程は、大別すれば毛の選別、穂首の作成、穂首を筆管（筆の軸）に取り付けるという３つの工程に分けることができる。

毛の選別では、ヤギ、ウマ、シカ、タヌキ、ウサギ等の毛を用途別に分類し、毛先のよいものを選び抜く。この素材選びには数十年の経験が必要といわれる。次いで綿毛を取り除き、籾《もみ》殻《がら》を焼いた灰を加えて加熱して毛の脂肪分や汚れを取って癖を直し、毛先を揃え、水を含ませて筆の長さに切り揃え、長短の毛を組み合わせて筆の形に整える。

穂首の作成では、悪い毛を省きながら何種類もの毛を重ね斑《むら》のないように練り混ぜ、布海苔《ふのり》を加えて穂首の太さを決め、化粧毛を芯《しん》毛に巻き乾燥させた穂首を麻糸で縛る。

穂首を穂管に取り付ける場合、穂首の太さに合わせて筆管の内側を削り固定する。

という順である。

工房の中を一通り見て廻ったところでメイの顔を見ると、メイもこの工房にはもう未練はなさそうだったので、すぐ近くにあるもう一箇所、これも国内有数とされる製墨工房を訪れた。

墨は概略以下のようにして造られる。

煤《すす》

煙室（古書には煙室とも密室とも記されているという）に主として菜種油などの油類を入れた多数の素焼き土器に藺草《いぐさ》の灯心を点《とも》し、不完全燃焼して上蓋《うわぶた》に付く煤を集める。偏らないように20分ごとにすべての土器を動かす。

膠・香料

煤取りの作業は面倒であるが、意外なことは膠が必要なことである。膠は動物の皮・骨・結合組織などを煮出してできるゼラチンを固めたものであり、夏は腐り易いので墨作りは和紙と同じく十月から四月である。

膠は煤の粒子を固めて墨の形に整え、墨に摺られてから適当な粘りを与えて伸びを良くし紙に定着させる働きをするという。しかも膠の混合割合は、煤の10に対し6の割合で意外に多く、ほかに少しの香料・膠の臭いを消すための竜脳、麝香などを加えて練《ね》る。よく練るほど　伸びのよい墨になるという。

木形

長期間乾燥させた狂いの少ない梨の木型に入れ、目方を量る。墨一丁の目方は15グラムで木型に入れるときは乾燥して小さくして25グラム入れるという。この工程はもっとも大切な熟練の技を要する工程であるという。その後ジャッキで締め付け、20分ぐらいで取り出す。

乾燥

木型から取り出した墨は木灰に埋め、徐徐に水分の少ない木灰に埋め替えて小型のものでは一週間ほど続ける。

灰乾燥が終わると更に藁で編んで小型のもので約半月室内乾燥する。

仕上げ

自然乾燥が終わると灰などを水洗いして上薬を塗って磨く。更に三日ほど乾燥し絵具で彩色して仕上げる。

製筆・製墨の両工房の忙しい見学を終えて帰る車の中で、感想を聞きたい気がしないでもなかったがそのうち何か言うだろうと、メイは寮まで送り、彼は会社の出先の仕事に向かった。

六の2

車の中で、メイを伴なった茶室の床の間の書の意図が彼は気になってきた。

「色即是空」とは、「色《しき》」即ち「宇宙のすべての形ある物質や現象」は「恒常的な実体」がなく「空」である、即ち「移り変わる」ということであり、それゆえ「空即是色」即ち諸諸の事物がありうるということである。

宇宙がこのような在り方をしているとして、これが、会社の現実の仕事や彼の日常の処世に係わってくることはなさそうであるが、もし書の古さから軸が掛け放しであるとすれば、源太郎も見て、考えていたことはこの書と関連があると思ったに違いないと彼は考えた。

六の3

事務所に戻ると、はたして彼の机の上の文鎮に見慣れた便箋が置かれていた。


面白いものを色色見せて貰いました。わたしの時間がこんなに緊迫し圧縮されたことはなかったと思います。

以下簡潔に書きます。

最初は花です。座敷飾りとしての立花《たてはな》が成立したがまだ宗教の名残を留めていたらしい室町と呼ばれる時代についてもう少し詳しく知りたいと思います。

この時代の前期に成立した武士の住まいの書院造から後期になって茶室が生まれ、一級品とされる茶碗がこのころ輸入されたらしいのです。
＊　一級品とされる茶碗が未完成かも知れないというのはとても面白いことと思います。これは前にも書きました。
茶室の掛軸の書や、それとの関連で見学した製紙や製筆・製墨は歴史も古く、室町時代には水墨画が全盛期を迎えるようになったということです。

メイはどうやらあるべき方向に向かい始めたらしいと彼は思った。

七の1

翌朝目覚めると、彼は加護氏を思い出し、そしてその土蔵の二階の古文書の箱を思い浮かべた。

加護家は古い家柄であるから、あの文書の中にもしかしたらメイの望む室町時代のものがあるかも知れないと彼は思ったのである。

メイを伴って加護家を訪れたとき、友は留守であったが、加護氏は喜んで二人を土蔵に案内した。用件は電話で伝えてあったので、二階に上がり古文書を入れた箱の前に立つと、「あなたは馴れておられるから後《あと》はお任せして」と彼に言って加護氏は下りて行った。

七の2

メイは準備よく詳細な年表を持ってきていた。

日本史

古代

奈良時代（都）奈良　大宝元年　（701）大宝令　　文武天皇

律令制　中央集権　公地公民　貴族的

平安時代（都）京都　延暦１３年（７９４）　桓武天皇

律令制衰退　土地・支配の私有進展

貴族的

摂関政治　摂関家藤原政権

（摂関家が官吏の任免権を握り受領層貴族は荘園を寄進）

貴族的

国司から受領階級固定

院政　上皇（法皇）実権

貴族的

荘園公領制

――文化が庶民や地方へも普及

中世

――仏教が文化の中心

――武士や庶民へ創造と受容の拡大

――ケガレ文化の展開

鎌倉時代（幕府）鎌倉　建久３年（１１９２）源頼朝　征夷大将軍
　京都（公家）と鎌倉（武家）との二重政権。
　　守護・地頭設置
——顕密仏教の興隆
——鎌倉仏教の革新
——文化体系の流動化

——農業生産発達（農具・二毛作・副業普及）
——商品流通（海陸）
室町時代（幕府）室町　延元３年（１３３８）足利尊氏　征夷大将軍
　元亀４年（１５７３）将軍義昭　信長に投降
　　室町時代　約２４０年
京都の室町幕府の武家政権。
　守護支配権浸透
農業技術発達（自動水車・米麦二毛作）

新技術流入（木綿の生産・銀の灰吹法等）
――北山文化
公家・武家文化の融合・大陸文化の影響
――東山文化
公家・武家・禅僧文化の融合
五山の隆盛

今に続く芸能・文化の開花。

加護氏の古文書は、すでに公立の図書館などに収蔵され活字化されているものが多いが、残された箱も整然と年代順年号順に整理されていて、最後の箱に製本された本が一冊あった。開いてみると、室町時代最初の延元の記事はなかったが、驚くべきことに、応永年代（１３９４年～１４２８年）のものがあった。

本文には、そのころの戦乱の都を避けて南下し、風流の趣向を伴った霊験あらたかなはやり地蔵の様子が記されている。市場も開かれ、克明に売り物の名も記している。これは印象の深い情景であったらしく、ほかの文献にも類例の記事があると書物編者が注している。

地蔵については、足利尊氏は地蔵の帰依者だったようだが、民間信仰としての地蔵の始まりは上記応永ごろからであるらしい。

室町時代には高級織物が生産され・製紙業・製陶業などが発展し、さらに林業が発達し鉱山開発も進んだ。こうしてみると、室町時代は大きな歴史の区切れ目かも知れないという。

しばらくしてメイは書物から目を離し、歴史の時代区分にもいろいろあるみたいですねと言った。メイはすでにかなり勉強しているようであった。

時間もかなり経過しているので、この辺で二人は加護家を辞した。

七の3

家に帰り振り返ってみると、この二週間はあっという間に過ぎ去ったような気がする、と考えているうちに溜まった疲れが出てきたのか深い眠りに陥った。

結章

一

昼近くなって目を覚まし、入口の戸を開けようとすると、戸口に用紙が差し込まれていた。彼の見慣れたメイの便箋であった。

西欧の有名な思索家の遺稿を整理した項目に、「神を離れた人間の悲惨」と名付けられているのを見たことがあります。

世界の歴史の発展を、人間が神（絶対者）の下《もと》で生きていた時代から、神とは無関係に生きる時代へと移り変わる境目《さかいめ》で区分するとすれば、日本の歴史では、もしかしたら室町時代がそれに当たるのかも知れません。

芸術というのも、神の創りだしたものを模倣することから、人間が美しいものを創り出そうとする方向に変わったと言います。

人間が生命を創り出すことができるかどうか、というのも上と関係がありそうです。

どちらが人間にとって幸せなのでしょうか。おそらくそんな判断とは無関係に世界の歴史はここまで動いてきたのでしょう。

わたしは今日日帰りで、「足利将軍室町第址《し》」というのを見に行ってきます。花の御所も応仁の乱で全焼し、いまは街角にこの石碑があるだけだそうです。


とある。

二

庭師の「とりさん」こと飛鳥氏はどうしたろうと気になってきて、彼は郊外の菅原棟梁の山際の所有地を訪れた。

あっと驚いたことに、庭と予定される辺りの東寄りに、大きな岩山が据えてあった。たまたま通り掛かった近くの農家の主婦に尋ねると、地震かと思って出てみると、クレーン車やショベルカーを伴って巨大な岩を積んだトラックが突然やってきて、あの岩山を置いていったのだという。あの岩山の倍くらいが埋めてあるのではないかしら、という。

この岩山は、遙か遠くの山山の稜線と好対照をなしているようにも見えた。

庭の岩山が主役で、日本古来の民家風の建築を脇役として添えるという発想であろうか。これはいかにも飛鳥氏らしいと彼は思った。

三

彼は家に帰り、源太郎の最後の言葉を噛み締めていた。

すべて成就し、すべて現前している。
（世界のすべては完成し目の前に現れ出ている）

よく考えてみると、この言葉は単に「世界をこのようなものと考える」というだけではなく、「世界をこのようなものと考える。これが天命である。これでよいのだ」と、強い決断を表しているようにも見えてくる。

著者略歴

花田 治郎（はなだ じろう）

1929年10月6日　島根県生まれ
1945年　海軍兵学校入校
1958年　東京大学国文学科卒業
　東京都立新宿高校国語科教諭ほか

天命　すべて成就し、すべて現前す

2019年 6 月15日　初版発行

著　者　花田 治郎
発行・発売　創英社／三省堂書店
〒101-0051　東京都千代田区神田神保町1-1
Tel 03-3291-2295
Fax 03-3292-7687
印刷・製本　シナノ書籍印刷株式会社

ISBN 978-4-86659-072-1　C0093

落丁・乱丁本はお取り換えいたします。定価は、カバーに表示してあります。